一看就明白

《红楼梦》

作家出版社

从『四大奇书』到『四大名著』 序

　　"四大奇书"，是指明代的四部通俗长篇小说：《三国志通俗演义》《忠义水浒传》《西游记》和《金瓶梅词话》。奇书之称，较早见于明代屠隆《鸿苞·奇书》，"奇书"主要指文言小说。明末张无咎《批评北宋三遂新平妖传叙》，称通俗小说"可谓奇书"。清初顺治庚子（1660），西湖钓史于《续金瓶梅集序》谓："今天下小说如林，独推三大奇书，曰《水浒》《西游》《金瓶梅》者，何以称夫？《西游》阐心而证道于魔，《水浒》戒侠而崇义于道，《金瓶梅》惩淫而炫情于色，此皆显言之、夸言之、放言之，而其旨则在以隐、以刺、以止之间。唯不知者曰怪、曰暴、曰淫，以为非圣而畔（叛）道焉。"

康熙十八年（1679），李渔为醉耕堂《四大奇书第一种》（即毛纶毛宗岗评本《三国志演义》）作序，其中说："昔弇州先生有宇宙四大奇书之目，曰《史记》也，《南华》也，《水浒》与《西厢》也。冯犹龙亦有四大奇书之目，曰《三国》也，《水浒》也，《西游》与《金瓶梅》也。两人之论各异。愚谓书之奇当从其类。《水浒》在小说家，与经史不类；《西厢》系词曲，与小说又不类。今将从其类以配其奇，则冯说为近是。"弇州指王世贞，明代嘉靖万历年间人，冯犹龙即编辑"三言"等通俗短篇小说的冯梦龙，明万历时人。按照李渔的说法，王世贞首先发明了四大奇书的名目，但其中只有《水浒传》是小说，冯梦龙才用以统称四部长篇小说。李渔在两衡堂刊本《李笠翁批阅三国志》序言中也说过类似的话。李渔之后，"四大奇书"的说法逐渐流行而成俗惯之语。

清代以往，特别是到近现代，由于《金瓶梅》有"淫书"

之目，受到一些社会势力的抵制，而《红楼楼》行世后影响日增，表面上，《红楼梦》与《金瓶梅》又都是写家庭生活的"世情"或"人情"小说，《红楼梦》乃逐渐取代《金瓶梅》而跻"四大"之目。不过"四大名著"的说法，并未见之于正式著录，似乎是出版家们出于商业目的，把四部小说作为一套出版而逐渐约定俗成。特别是1949年以后，文学作品的出版成了国家行为，随着人民文学出版社推出这四部小说名著，"四大名著"之称乃日益普及。

当然，四大名著的确不愧"名著"，随着时代的演进，已经上升为文学经典和民族的文化瑰宝。二十世纪八十年代以后，根据四大名著改编的电视剧在中央电视台先后播出，更产生了巨大的社会影响。对四大名著的学术研究，也成了中国古代文学研究的重镇，每一部名著，都有相应的研究学会，各种研究论文和著作，都可谓汗牛充栋。进入二十一世纪，随着市场化、信息化时代到来，以四大名著为标榜的各种著作和社会文化活动等更是层出不穷。

四大名著中，我对《红楼梦》研究用功最深，已经出版相关著作多种。其他三本书，早年也写过几篇论文。收入《箫剑集》（山西教育出版社 2000 年出版）者，有研究《三国志演义》的四篇，研究《西游记》的一篇。其中《诸葛亮形象的文化意义》首发于 1986 年 11 月 18 日《光明日报》"文学遗产"第七一九期，复被选入《名家品三国》（过常宝、刘德广主编，张净秋选编，中国华侨出版社 2008 年出版），《自由的隐喻：〈西游记〉的一种解读》则入选《20 世纪〈西游记〉研究》（梅新林、崔小敬主编，文化艺术出版社 2008 年出版）。《浪子风流——〈水浒传〉与元曲文化精神脉络考索》发表于《水浒争鸣》第七辑（中国水浒学会主办，武汉出版社 2003 年出版）。

我曾主编六部古典小说"新评新校"系列丛书，山西古籍出版社 1995 年出版。其中我自己承担了《红楼梦》的评校和《封神演义》的校，另外三大名著和《儒林外史》的评校以及《封神演义》的评，则约请其他学者完成。后来给研究生开四大名著研究课程，逐渐对《红楼梦》之外其他三部书的学术研究史况，也有了比较深入的了解。而三晋出版社（原山西古籍出版社）要重新推出四大名著的评批本，并希望由我一人承担全部评批工作。由于时间紧迫，我只完成了《红楼梦》评批的修订和《三国志演义》《西游记》的评批，保留了陈家琪评批的《水浒传》，四大名著新评本乃于2012年问世。不过随后一年多，我即又先后完成了《封神演义》与《水浒传》的评批，只是尚未有出版机缘。

在评批的基础上，又升华出文章。自2014年始，于《名作欣赏》上旬刊陆续发表了有关《水浒传》《西游记》《三国志演义》的三个探秘系列，并把其中内容观点在一些讲坛做学术演讲，而颇受欢迎和好评。现在这本《四大名著经典要义》，就是这些系列文章的结集，当然又增加了有关《红楼梦》的部分（亦于《名作欣赏》上旬刊2018年各期发表）。

老实说，对这本书，我自己颇为得意。因为无论哪一部名著，都有新的发现发明，都是其他研究者基本上从来没有说过的。最得意的，是《水浒传》和《西游记》研究，"黄姓人"在《水浒传》里的艺术隐喻，对《西游记》思想艺术奥秘的种种新发现，此前从未有人道及。自以为解决了此二书聚讼多年公说公有理婆说婆有理的一些学术纷争，如《水浒传》是否肯定"忠义"价值，《西游记》是否只是"游戏之作"而"没有什么微妙的意思"，皆因我的文章而得出了答案，且自信能经得起历史检验。《三国志演义》的几篇，"帅哥"和"美女"是新作，其他三篇乃《箫剑集》中旧文新编。虽是旧文，其内容观点，也是独家提出，且迄今未被超越。"知遇之感""分合之韵""韬晦之计"，这些《三国志演义》的文化内涵，自以为搔着了该书痒处，与一般的常论不同。

至于《红楼梦》，自然奠基于我多年的红学研究心得，提出某些新见，也仍然是探佚、思想、艺术三位一体的立场和表述。在表达讲解方式上，这次也颇有新特点，即格外突出了"两种《红楼梦》"的对比讲解，从情节内容，到思想境界、艺术形式，都把曹雪芹原著与后四十回续书的差异做黑白分明的对照对讲，与我以往的红学著作相比，可能更有醍醐灌顶的直观效果。

对四大名著的读解，"经典"是关键词，它与"奇书"有某种同义。美国汉学家浦安迪（Andrew H. Plaks）教授在学术演讲录《中国叙事学》（北京大学出版社 1996 年出版）中提出了中国古典小说的"奇书文体"概念，其名著《明代小说四大奇书》（有国内中文版，生活·读书·新知三联书店 2015 年新版）又提出了"文人小说"概念。他说："我对这些'奇书'的见解是基于这么一个信念，即它们只有被看作是反映了晚明那些资深练达的文人学士的文化价值观及其思想抱负，而不仅仅作为通俗说书素材摘要时，才会获得最富有意义的解释。我相信，这几部小说的最完备修订本的作者和读者正是创作了独树一帜的明代'文人画'和'文人剧'精品的同一批人。所以，我不揣冒昧，也许言过其实地把这些小说称为'文人小说'。"——周汝昌先生曾对浦安迪"奇书文体"的说法极表赞赏推崇。我相信，我这本著作将能够给浦安迪教授此种立场和理解提供有力的支持，并使其深化。

无论四大奇书还是四大名著，它们的确都是"文人小说"，创造了独特的"奇书文体"，也可以说就是精英文学，虽然有一个通俗小说的外壳。这就与其他等而下之的明清通俗小说有了严格区别，可谓泾渭分明而神情风貌大异。无论是思想的深刻，还是艺术的高明，或者境界的超越，四大奇书，四大名著，再加上《儒林外史》《封神演义》等少数几本，都比其他明清通俗小说高出了不知凡几。它们是完全不同层次和量级的作品，不可同日而语。这就是经典的分量和价值。而只有"奇书"和"经典"，才有"精要"或"要义"可发掘，有"秘"可探。"精要"或"要义"和"秘"——其实是博大精深的中华文化。

因此，本书也体现了一种明确的学术立场，即不能完全赞成学界相当盛行的"世代累积型集体创作"说法，所谓："明代小说四大奇书《三国》《水浒》《金瓶梅》《西游记》并不出于任何个人作家的天才笔下。它们都是在世代说书艺人的流传过程中逐渐成熟而写定的。"（上海古籍出版社1997年出版徐朔方《小说考信编·前言》）目前研究界对此说的过分张扬和穿凿，已经产生了对几部文学经典"拆碎七宝楼台"而"不成片段"之解构和矮化的消极作用。无论《三国志演义》或《水浒传》或《西游记》，都曾有过故事情节的"世代累积"过程，有过民间讲说的历史流传过程，这毋庸置疑。但，同样要承认，而且要更加强调和重视，这三部小说的现存文本，都曾经由一位天才级别的文人才士予以最后写定，这种写定，是天才原创性质的，文学经典因此才得以出现，这一点不能怀疑，不容否定。无论小说作者是否名叫罗贯中、施耐庵、吴承恩，或另有他人，天才作者是确实存在的，不是乌有先生亡是公。《金瓶梅》同样如此。有天才作者，才有经典的文本。天才！天才！这是"四大奇书""四大名著"之所以能"奇"和"名"的根本所在。

　　表面看来，"世代累积型集体创作"与"天才文人创作奇书文体"，似乎只是对四大奇书、四大名著的具体学术定位有差异，其实，这种差异反映了更广泛更深刻更本质的治学方略分歧，它已经不局限于对中国古典小说的研究，而是涉及整个古典文学研究领域（也可以推广到全部文学艺术研究领域乃至其他学术研究领域）两种根本对立的学术研究的态度和立场。关键与核心所在，是对文学现象做学术研究的方略，究竟是考据、义理、辞章即史、哲、文三方面辩证结合，而"综互合参"（周汝昌语，非"综合互参"），还是把

"文献考据"绝对化，罔顾"义理"与"辞章"（也就是"思想"与"艺术"）的思辨与体悟，从而得出一些偏颇甚至完全错误的结论还自以为是？这个问题在四大奇书、四大名著的研究中格外突出。比如"红学"研究中关于脂批本与程高本的孰前孰后、孰优孰劣、孰真孰假的长期纠缠，就是典型的例子。

因为四大名著是"名著"和"经典"，其思想之高深、艺术之微妙非同小可，对它们做考据，研究者义理思辨和艺术感悟的素质能力之高低强弱也就成了一种重要的前提条件，脱离文本思辨和审美的单纯的文献考据往往会见木不见林而错会误判。而且，一个基本的事实是，古代小说的"文献考据"，由于"文献"本身的历史局限，带有各种复杂性和或然性，因此更不能把某些有限的、或然的看法或假说，某些一隅之见夸大成铁板钉钉的"结论"。对四大名著搞文献考据研究，能不能恰当地结合对文本的义理思辨和艺术感悟而"综互合参", 这一点非常重要!

　　谭帆等著《中国古代小说文体文法术语考释》(上海古籍出版社2013年出版)中有"'奇书'与'才子书'考"一章, 其中说: "明末清初的文人以'奇书''才子书'指称通俗小说是有深意的: '奇书'者, 内容奇特、思想超拔之谓也; '才子书'者, 文人才情文采之所寓焉。故将小说文本称为'奇书', 小说作者称为'才子', 既是人们对优秀通俗小说的极高褒扬, 同时也是对尚处于民间状态的通俗小说创作所提出的一个新要求。""明中后期持续刊行的《三国演义》《水浒传》《西游记》和《金瓶梅》确乎是中国小说史发展中的一大奇观。在人们看来, 这些作品虽然托体于卑微的小说文体, 但从思想的超拔和艺术的成熟而言, 他们都倾向于认为这是文人的独创之作。""以'奇书''才子书'来评判通俗小说, 实则透现了一种独特的文化信息, 体现了文人对通俗小说这一文体的关注和评价, 这是文人士大夫在整体上试图改造通俗小说的文体特性和提升通俗小说文化品位的一个重要举措。"

因此，本书也鲜明地表现了我的治学个性和特点，可以概括为：悟证灵感迸发，论证展开阐释，考证补充完善。悟证、论证、考证三者齐头并进，相辅相成，而悟证和论证是本人的强项，考证则首先是一种借鉴式的宏观把握，具体的问题，往往需要时才查考比对资料而有意为之。我始终不是在"做论文"，而是在"写文章"，或者说在写"论笔"，这是我杜撰的一个词——随笔文章其形而有论文之实，突出"灵感""悟性"，也讲究"写文章"的"笔法"，而不呆板地标榜所谓"学术规范"，我的书文也因此有"可读性"。红学研究如此，其他古典小说研究如此，元曲、苏轼、佛教、道教研究也如此。得耶？失耶？是耶？非耶？说到本根上，中华文化是艺术型感悟型文化，不是科学型逻辑型文化，只用逻辑和"科学"，其实发现不了"四大名著"这些中华文学经典和文化经典之"精要"或"要义"和"秘"。

正是：

探秘方知经典奇，渔郎偷入武陵溪。

中华文脉千门户，梦觉雄鸣傲晓鸡。

2017 年 6 月 24 日于大连

目录

一、两种《红楼梦》

谈《红楼梦》，首先要确立"两种《红楼梦》"的概念。

一种是根据曹雪芹原著手稿而来的手抄本，只保留下前八十回，叫《脂砚斋重评石头记》。流传到现在的共有十二个，通常简称脂批本或脂评本。脂批本有的是残本，其中底本时间最早的是甲戌本《脂砚斋重评石头记》，底本抄写于乾隆甲戌即公元 1754 年。这个本子只留存十六回，当年由胡适发现，后带到美国，现存于上海博物馆。

另一种是一百二十回的《红楼梦》，1791 年由高鹗和程伟元编辑出版，习惯上叫程甲本，第二年 1792 年又出了一个修订本，习惯上叫程乙本。这两个本子是活字印刷的，增加了后四十回的续书，对前八十回也有多达两万余字的修改。

　　曹雪芹于1763年（壬午说）或1764年（癸未说）去世，甲戌本《脂砚斋重评石头记》是曹雪芹生前即已经存在的本子，绝大多数脂批本也都是在曹雪芹生前或死后不久即已经流传。而有后四十回续书的程高本《红楼梦》是曹雪芹去世近三十年以后才出现的。

　　"两种《红楼梦》"的概念由此而来。就是脂批本是接近于曹雪芹真实手笔的文本，说接近，是因为在传抄过程中又产生了许多问题，如错别字，抄手臆改、串行、遗漏、所据底本不同等等，情况很复杂，需要鉴别和研究，这也就是红学中一个分支《石头记》版本学的由来。

　　而程高本则是由高鹗和程伟元增加了后四十回续书，又对前八十回文字也作了许多修改的文本。后四十回续书来路不明，不一定是高鹗或程伟元写的，但肯定不是曹雪芹的作品。

　　总之，脂批本和程高本是性质完全不同的"两种《红楼梦》"。我们要谈《红楼梦》的思想、艺术、文化，首先必须明确，你是要鉴赏和领略曹雪芹原著，还是不区分前八十回和后四十回而把一百二十回作为一个"整体"对待泛泛而论。

二、应运而生的"探佚学"

（一）探佚学因何产生

曹雪芹原著只留下前八十回，文本成了"断臂维纳斯"和"未完成交响乐"，很自然引发读者对原著八十回后佚稿的想象兴趣，又因为有后四十回续书存在，自然也会发生后四十回是否符合曹雪芹原意的探讨。探佚就是探讨八十回后亡佚书稿内容，探佚学是"应运而生"的。

探佚在曹雪芹亲友脂砚斋等人的批语中即已经萌发，因为有许多批语谈到了八十回以后原著佚稿的故事情节，而这些情节又和后四十回续书所写差别很大。此后的红学研究中就一直存在对佚稿情节的各种猜测和探讨。

而作为一种自觉的学术，笔者的《红楼梦探佚》（北京师范大学出版社2010年第四版，1983年初版名《石头记探佚》）是红学史上"第一本探佚学专著"，"探佚学"这个概念则是周汝昌先生在1981年7月24日为《石头记探佚》撰写序言触动灵感而首次发明的。此后探佚学蓬勃发展，基本上聚焦了二十世纪八十年代开始一直到二十一世纪红学研究的"热点"。有关探佚的研究著作出版了几十种，论文发表了上百篇，1987版电视剧《红楼梦》八十回后故事按探佚思路改编，央视《百家讲坛》推出的红楼探佚节目影响深远，都是有目共睹的事实。

　　（二）《红楼梦》探佚如何可能

　　红楼探佚是探讨曹雪芹原著《红楼梦》原稿佚失部分的内容，进而勾勒原著的整体情节轮廓和主要人物命运结局的大体走向，其终极目的是搞清曹雪芹原著完整的艺术构思，方可大体把握和理解曹雪芹创作这部小说的思想、艺术、哲学、审美和文化等方面的内涵和特点。当然也就会自然引发与后四十回续书的比较。

但曹雪芹已经不在了，书已经残佚了，探讨原著佚稿如何可能？它的根据何在？或者说有什么学理性依据？

探佚的依据有以下数端：

1. "草蛇灰线，伏脉千里"的奇特创作方法，即前八十回遍布于文本字里行间的伏笔、伏线、伏脉。

2. 通过对前八十回作思想艺术分析，研究小说情节与人物命运发展的必然趋势。

3. 根据曹雪芹亲友的批语，即脂砚斋等人批语中所透露的佚稿信息。

4.《红楼梦》有很强的"家史""自传"性质（江宁织造曹家、苏州织造李煦家等），小说有"生活原型"。根据对"生活原型"的研究，也可以探讨小说人物未来命运的基本走向。

5. 清代至近代的多种野史笔记记载了"旧时真本"《红楼梦》，"逗漏"了一些八十回后的情节，与后四十回程高续书不一样，比如贾府抄家后，贾宝玉最后是和史湘云在一起共度艰难时世。

（三）"草蛇灰线，伏脉千里"介绍

"草蛇灰线，伏脉千里"是一句脂批（脂砚斋的批语），是曹雪芹写《红楼梦》时采用的一个基本的、全局性的创作手法。

据谭帆等著《中国古代小说文体文法术语考释》（上海古籍出版社 2013 年 3 月出版），"草蛇灰线"一语，最早出现于唐代杨筠松所撰堪舆学著作《撼龙经》，乃指山势（龙脉）似断非连的态势："龙神尽处，有突兀之结案，迫前砂而穴露。其气不聚，后龙叠来，草蛇灰线，过脉分明。"明代堪舆类典籍《灵城精义》也有载录："气脉何以分别？凡脉之行必须敛而有脊，乃见草蛇灰线，形虽不甚露而未尝无形也。"

明代以来，在诗文等文学领域，"草蛇灰线"逐渐演绎为一个学术文艺评论术语。如明末刘宗周《圣学宗要小引》中用以指称"圣学"相传中时断时续的态势，清初贺贻孙《诗筏》中则用于诗论，等等。在小说批评中，明代正德元年

（1506）"戏笔主人"所撰《〈忠烈传〉序》中评述该小说："意则草蛇灰线。"而金圣叹则最早于小说评点用"草蛇灰线"作为小说创作中文法的术语，主要指结构安排上的线索技巧。

脂砚斋批语中所指曹雪芹创作《红楼梦》的"草蛇灰线"，我归纳为五种表现形式，它们分别是谐音法、谶语法、影射法、引文法、化用典故法。下面分别作简单介绍。

谐音法

谐音法主要体现在小说人物的姓名上面。比如第一回"甄士隐梦幻识通灵，贾雨村风尘怀闺秀"，就出现了甄士隐和贾雨村这两个象征性人物。小说正文开头（实际上原来是一段批语，后来才混入正文）就明确告诉读者：甄士隐和贾雨村这两个姓名是谐音，所谓"将真事隐去，用假语村言（存焉）"，"因经历过一番梦幻之后，故将真事隐去，而撰此《石头记》一书，故曰：甄士隐梦幻识通灵……何为不用假语村言，敷衍出一段故事来，以悦人之耳目哉"。

小说这样开头，很明显，就是提纲挈领地暗示说明：小说是有"真人真事"作素材原型的，也就是宣告"我"写的是一本虽然也有所虚构夸张但绝不是毫无根据编造的艺术化、审美化的"家史"和"自传"，所谓"追踪蹑迹，不敢稍加穿凿"，固然是文学写实主义的宣言，也包含故事有真实生活来源、人物有真实"模特儿"之意。

同时，小说中许多人物的姓名都有谐音暗示，预先规定了其在未来情节中的命运走向和最终结局。比如贾府四位小姐，分别叫元春、迎春、探春、惜春。脂砚斋批语就十分明确地揭示："元迎探惜"谐音"原应叹息"，她们最后的结局都是悲剧性的。

又比如，小说一开始就出现的甄士隐的女儿甄英莲，脂批提示谐音"真应怜"。英莲本来出身于乡村大财主之家，是个生下来就嘴里含着金汤匙的小姐，却在五岁就被人贩子拐卖，长大又被呆霸王薛蟠强买为妾，最后则被薛蟠的大老婆夏金桂虐待而死。她的命运真是"应怜"啊。她后来改名香菱，按古代汉语，"香菱"和"英莲"是"一声之转"，就是口型稍微变一下，就发音相同，所以，"香菱"也是谐音

"应怜"。

相反，和英莲同时出现的甄家的丫鬟娇杏，本来是个身份低贱的仆人奴隶，却因为当年偶然回头看了贫贱时的贾雨村一眼，被贾雨村记住，后来贾雨村科举做官后，把她要来做妾，紧接着大老婆死了，娇杏又生了儿子，就被扶正做了正室夫人。按照过去的礼教，娇杏回头看陌生男人是不守妇道，犯了错误，却因此带来了命运的转机。所以小说中幽默地调侃："偶因一着错，便为人上人。""娇杏"的谐音则成了"侥幸"。而"英莲（应怜）"和"娇杏（侥幸）"也构成了一种命运无常天地翻转的对比。

再比如小说中一些露脸机会很少的小人物，却都具有谐音暗示的意味。荣国府的几个管家：一个管家叫吴新登，谐音"无星戥"，就是没有秤星的秤；管理仓库的头目叫戴良，谐音"大量"，就是浪费的意思；外出采购的买办叫钱华，当然是"乱花钱"的谐音了。通过这些谐音暗示，荣国府未来的经济状况之演变趋势就见微知著曲曲传出了。再比如第六十四回里宁国府的小管家叫俞禄，贾珍让他想办法挪借银两，支付贾敬丧事中拖欠棚杠孝布等花费。俞谐音"余"，暗示宁府的"禄"捉襟见肘，艰难度日，末日将临。

谶语法

谶语就是占卜式的预言，用巧妙的表达方式说出了后来发生的事情。中国古代有不少著名的谶语，当然多是传说，未必当真，如所谓商周时期姜子牙的《乾坤万年歌》、汉末诸葛亮的《马前课》、唐朝袁天罡的《推背图》、宋朝邵雍的《梅花诗》、明朝刘伯温的《烧饼歌》等等。明代凌濛初编著的《初刻拍案惊奇》卷十二有这样的说法："话说人生万事，前数已定，尽有一时间偶然戏耍之事，取笑之话，后边照应将来，却像是个谶语响卜，一毫不差。"曹雪芹艺术地借鉴了这种传统文化，化用到小说的创作中，暗示人物命运和故事情节的趋向和结局。

曹雪芹创造的谶语法有诗谶、谜谶、戏谶、语谶四种形式。

首先看诗谶。以贾惜春为例。惜春是贾府四春里面的小妹妹，在曹雪芹创造的众多人物中，并不太重要。第五回贾宝玉梦游太虚幻境，看到"薄命司"里金陵十二钗的"册子"，对应贾惜春的那一幅上面画着一个美女在古庙里念颂佛经，配的一首诗是："勘破三春景不长，缁衣顿改昔年妆。可怜绣户侯门女，独卧青灯古佛旁。"幻境里的管弦歌舞乐队演奏《红楼梦》组曲，对应惜春的《虚花悟》曲子，则是："似这般，生关死劫谁能躲？闻说道：西方宝树唤婆娑，上结着长生果。"判词和曲子，都明白无误地预示惜春最后的结局是出家当尼姑。

再看谜谶。仍然以贾惜春为例。第二十二回"制灯谜贾政悲谶语"，回目就说得很明白，谜语都是谶语。惜春作的那一首灯谜是："前身色相总无成，不听菱歌听佛经。莫道此生沉黑海，性中自有大光明。"谜底是佛前海灯。谜语旁边还有脂批画龙点睛："此惜春为尼之谶也。公府千金至缁衣乞食，宁不悲乎！"

三看戏谶。第十八回贵妃贾元春回荣国府省亲，其中一个节目是演戏。元春亲自点了折子戏四出：《豪宴》《乞巧》

《仙缘》《离魂》。这四出戏,《豪宴》出自清初李玉《一捧雪》,脂批说"伏贾家之败";《乞巧》出自清初洪昇《长生殿》,"伏元妃之死";《仙缘》出自明汤显祖《邯郸梦》,"伏甄宝玉送玉";《离魂》出自明汤显祖《牡丹亭》,"伏黛玉死";后面还有总结性的批语:"所点之戏剧伏四事,乃通部书之大过节大关键。"

第二十九回清虚观打醮乞福,贾珍代表贾母在神前拈戏,第一出《白蛇记》,本事是汉高祖刘邦斩蛇起义,暗应贾府的第一代和第二代开创家业;第二出《满床笏》,是唐朝郭子仪平安史之乱有功,七子八婿都做大官而笏板满床的故事,暗射贾府荣华富贵的盛极;第三出《南柯梦》,却是到头来荣华富贵一场虚无梦幻的戏谶。所以小说中贾母听了第二出戏名很高兴,听了第三出就黯然无语了。三出戏曲,正是贾府发达、兴盛、灭亡的三部曲。

四看语谶。语谶是指小说中某些人物的某些对话有暗示情节发展的谶语性质。强调"某些",不是说小说中每一个人的每一句话都是谶语,那是不真实也是不可能的。仍然以贾惜春为例。她在第三回林黛玉进贾府时出场，但没有描写她说什么话。第七回刘姥姥走后，周瑞家的替薛姨妈送宫花给贾家三春和林黛玉、王熙凤，送到惜春时，设置她正和小尼姑智能一起玩耍，她接过宫花后顺口开了一句玩笑："我这里正和智能儿说，我明儿也剃了头同他作姑子去呢，可巧又送了花儿来。若剃了头，把这花儿可戴在那（哪）里呢？"这是小说中第一次写惜春说话，而惜春此时年龄极小，绝不会有去当尼姑的想法，这样写，就是惨淡经营，暗示她最后的结局。

影射法

影射法有两种形式。一种是人物之间互相影射，就是似乎是写这个人物的话语行动结局，却同时影射着另外一个人物的类似情况和命运。

典型的是清代评点家们所说的"晴为黛影，袭为钗副"。就是小说中写晴雯，同时暗示林黛玉，写袭人，也双关薛宝钗。晴雯在前八十回就写到了结局，是被王善保家的谗言陷害，病中被王夫人撵出大观园后而夭折。晴雯死后，贾宝玉写了《芙蓉诔》在大观园祭奠怀念，后来林黛玉出来，和宝玉斟酌诔文词句，最后宝玉把"红绡帐里，公子多情；黄土垄中，女儿薄命"，改成了"茜纱窗下，我本无缘；黄土垄中，卿何薄命"，而"黛玉听了，忡然变色，心中虽有无限的狐疑乱拟，外面却不肯露出"（第七十九回）。前面王夫人对王熙凤骂晴雯时说："眉眼又有些像你林妹妹的……我心里很看不上那个轻狂样子。"见了晴雯，更怒气冲天地斥责："好个美人！真像个病西施了。你天天作这轻狂样儿给谁看？"（第七十四回）林黛玉不就"病如西子胜三分"吗？王夫人对晴雯的厌恶，十分艺术地透露了她潜意识里对林黛玉的不满，而"伏线"到佚稿中林黛玉的结局有与晴雯类似的情境。此外如史湘云与芳官之间的影射关系，笔者的著作里也有详细的论证，可以参阅。

影射法的另一种形式是象征性的以物影射人。比如用风筝象征贾探春类似王昭君远嫁异域。第五回探春的"册子"上就"画着两人放风筝，一片大海，一只大船，船中有一女子掩面泣涕之状"，判词是"清明啼泣江边望，千里东风一梦遥"；第二十二回探春作的谜语也是风筝，所谓"游丝一断浑无力，莫向东风怨别离"；第七十回放风筝，描写探春最细致，特别写她放了一个"软翅子大凤凰风筝"，又和另外一个凤凰风筝交缠在一起，再和第三个带响鞭的门扇大的玲珑喜字风筝纠结到一块儿，最后三个风筝线都断了，"那三个风筝飘飘摇摇都去了"。通过这些描写，用风筝象征探春远嫁和番的结局呼之欲出。

小说中一些重要的女孩子都有特定的象征花卉。比如林黛玉和晴雯是芙蓉花，薛宝钗是牡丹花，史湘云是海棠花等，通过与这些花相关的唐宋诗词句子，巧妙地暗示所象征女儿的命运结局。贾探春的象征花卉是杏花，第六十三回"寿怡红群芳开夜宴"就描写探春抽的花名酒筹是杏花，配一句唐诗"日边红杏倚云栽"，还有"得此签者必得贵婿"的话，姐妹们又打趣："我们家已有了个王妃，难道你也是王妃不成？"探春的结局是海外王妃，就是用这样微妙的影射方法表现的。

引文法

引文法也有两种形式。一种是完整回目的故事前后"引伏"。典型的例子就是第二十一回"贤袭人娇嗔箴宝玉，俏平儿软语救贾琏"，回目前有一段很长的批语，说这一回和佚稿中的一回前后呼应，那一回叫"薛宝钗借词含讽谏，王熙凤知命强英雄"。所谓："今只从二婢说起，后则直指其主。然今日之袭人之宝玉，亦他日之袭人，他日之宝玉也；今日之平儿之贾琏，亦他日之平儿，他日之贾琏也。何今日之玉犹可箴，他日之玉已不可箴耶？今日之琏犹可救，他日之琏已不能救耶？"另一条批语则说："今日写袭人，后文写宝钗；今日写平儿，后文写阿凤。文是一样情理，景况光阴事却天壤矣。多少眼泪洒出此两回书。"

这不仅明确地透露出佚稿中的故事情节，还说明小说有一个"盛衰对称"的严密结构。这当然有助于读者领略曹雪芹创作《红楼梦》的艺术匠心，所要表达的思想主题。

引文法的另外一种形式，就是某个情节的前引后应。比如经常被举到的例子，刘姥姥二进荣国府时，贾巧姐和王板儿交换柚子、佛手的情节，暗示了未来贾家败落，巧姐落难，刘姥姥救出巧姐，嫁给了板儿。

第七十回结尾大篇幅描写贾宝玉和众姐妹放风筝，却是从一个落下来的大蝴蝶风筝引起的。而这个落下来的风筝，是"大老爷那院里嫣红姑娘放的"。大老爷就是贾赦，嫣红是他要鸳鸯不成后花钱买的小妾，才十七岁。这个细节其实深有寓意，就是暗示未来贾府的败落，众女儿如风筝断线一样飘零四散的悲剧命运，乃贾赦这些男人胡作非为招灾惹祸而造成的。而"嫣红"其名，是暗用《牡丹亭》里杜丽娘游园中一句唱词："原来姹紫嫣红开遍，到头来都付与断井颓垣。"不仅暗指嫣红这个花儿刚开一般的女儿，被迫嫁给了贾赦那样一个霸道的糟老头子，同时也隐喻了由贾赦等犯罪作恶而引来抄家惨祸，贾府的"姹紫嫣红"也很快要变成"断井颓垣"了。

化用典故法

上面所讲"嫣红"暗用《牡丹亭》曲词而象征后文情节发展，既是引文法，也可以说是一种化用典故。而最经典的化用典故法，是对"湘妃"之典的巧用。上古圣王尧的女儿娥皇、女英，嫁给了第二代圣王舜做妻子。后来舜南巡途中病死，二女去南方寻夫，把竹子都哭成了斑竹，终于投江自杀而为湘水女神，那些泪点成斑的竹子也就被称为湘妃竹。

曹雪芹以天才的匠心，把这个典故化用为小说的"草蛇灰线"。这就是林黛玉别号潇湘妃子，其题帕诗有句"湘江旧迹已模糊"，而暗暗照应"眼泪还债"的神话前缘。但湘妃是两个，除了娥皇，还有女英。女英是谁？就是"幸生来英豪阔大宽宏量"的史湘云，她是正式姓名里有"湘"字，其实比林黛玉别号"潇湘妃子"更占先机。湘云的"册子"判词有"湘江水逝楚云飞"之句，《乐中悲》曲子中有"云散高唐，水涸湘江"，都明确点名"湘妃"之典也是用在史湘云身上的。第七十六回，林黛玉和史湘云中秋夜对月联句，也十分微妙地说她俩是坐在"湘妃竹墩"上面（程高本则删去了"湘妃"二字）。这样，贾宝玉也就相当于舜这位圣王了。周汝昌先生说曹雪芹赋予了贾宝玉"三王号"：绛洞花王、混世魔王、遮天大王，实在是最天才的领悟。曹雪芹实际上把贾宝玉尊为"情圣"，是对宝玉所体现的"情不情""意淫"这种新价值观的推崇。

这种"化用典故"，具体到佚稿情节上，就是贾宝玉的爱情婚姻三部曲"玉钗云"：他先后与林黛玉、薛宝钗、史湘云的三段婚恋。宝钗是家长包办的婚姻，黛玉和湘云则是前后两段刻骨铭心的爱情。

谐音法、谶语法、影射法、引文法、化用典故法，就是通过这些"草蛇灰线，伏脉千里"具体而微的研究，再加上前面说过的对前八十回作思想艺术分析，解读脂砚斋等人批语所透露的佚稿信息，研究"家史"的"生活原型"，参考有关"旧时真本"《红楼梦》的一些说法，综互合参，而作探佚研究，勾勒出八十回后佚稿故事情节和人物命运结局的大体轮廓，才可能领略曹雪芹原著的思想精神和艺术审美之胜境。同时，后四十回程高续书的故事情节境界和人物命运结局，也自然成为一种对比的存在，必然使我们对"两种《红楼梦》"的区别犀燃烛照而深刻思考。

第二讲
贾宝玉结局之谜

一、后四十回续书贾宝玉结局梗概

按照周汝昌先生的研究，曹雪芹原著共一百零八回，也就是说，八十回以后的佚稿应该是二十八回。而程高续书，我们知道，是四十回。在后二十八回原著佚稿和后四十回程高续书中，贾宝玉的结局故事是两种不同的情况。由于后四十回是实实在在的文本，故事很具体，而后二十八回则是探索研究，我们首先概括后四十回贾宝玉结局的轮廓梗概，以便与后二十八回的研究互相比照。

后四十回的贾宝玉结局可以概括为三项内容：婚恋败局；家族变故；看破红尘。

（一）看破红尘

我们倒着来，先看三项内容的最后一项：看破红尘。后四十回展现的是这样一幅画面：一片茫茫雪原，一条滔滔河水，河上漂来一只船，船上站着三个人，一个和尚，一个道士，还有一个披着大红猩猩毡斗篷的非常帅气的青年人，很潇洒。船靠近岸边，青年从船上跳下来，上了岸，向另外一艘停泊在码头的大船走去，那艘大船的船头正坐着一位老人，只见青年走过去，走到老人面前，双膝扑通一声跪下，拜了四拜。这个青年是谁呢？就是贾宝玉，而他拜的老人是谁呢？就是贾宝玉的父亲贾政。贾政大吃一惊，好久没有看见自己的儿子了，怎么在荒郊野外遇到他呢？贾政正要拉住他的儿子问话，只听后边的和尚道士说话了，说尘缘已了，该走了。三个人飘然而去。贾政一愣，跳下船就追赶，但哪里赶得上？只听见远远传来三个人的歌声：我所居兮，青埂之峰；我所游兮，鸿蒙太空……

（二）婚恋败局

那么这个看破红尘而超凡入圣的最后结局，贾宝玉是怎么一步一步走到这一幕的呢？回顾一下前面，后四十回续书主要写了贾宝玉的两个故事。第一个故事，就是婚恋败局。注意我用了"败局"这个词。就是一场失败的恋爱婚姻。具体情节大家都很熟悉，就是"调包计"黛死钗嫁。前八十回写过，宝玉有通灵玉，他姨妈的女儿宝钗有一把金锁，据说和尚讲过金锁要和有玉的配婚，就是所谓金玉良姻。

后四十回就接这个茬，写有一天贾宝玉的通灵玉突然丢失了，他立刻从一个聪明的天才少年变得弱智钝拙了，"有疯傻之状"。他的家人很着急，于是他的祖母贾母、母亲王夫人和嫂子王熙凤，三个人一起商量，说赶快给他娶个媳妇冲冲喜，兴许就把呆傻病冲好了。但是宝玉的贴身丫鬟花袭人提醒王夫人，贾宝玉实际上并不爱薛宝钗，而是爱和他从小一起长大的、父母双亡的姑妈的女儿林黛玉。那么怎样解决这样一个难题呢？要是贾宝玉不合作怎么办呢？贾母、王夫人和王熙凤一起商量，贾母拍板，薛宝钗合适，林黛玉不合适。为了解决贾宝玉不乐意这个问题，王熙凤想出了调包计。就是对贾宝玉说，要给他娶林黛玉，到时候让薛宝钗坐着轿子过来，生米做成熟饭。由于贾宝玉丢了通灵玉变得不聪明了，好糊弄了，因此虽然有一些波澜，如傻大姐把宝玉娶亲的消息透露给了林黛玉，但最后调包计还是成功地实行了。后来贾宝玉知道了，非常痛苦，因为在他和薛宝钗拜堂的那一刻，林黛玉悲愤交加地死去了。但是现实已经这样了，贾宝玉也没辙，这就是贾宝玉结局的第一个大故事，婚恋败局。

　　说败局，因为是包办婚姻，它没有建立在爱情的基础上，贾宝玉心里面很痛苦，而且林黛玉含恨而死，薛宝钗也很委屈，既冒了林黛玉的名，不久宝玉出家，她一辈子守活寡，结局其实也很惨的。总之这场黛死钗嫁的婚姻很失败，完全是一个败局。但是从贾宝玉一方面来说，败局也很快有了转机，他的痛苦不久就解脱了。就是他做了一个梦，梦见自己又去了以前做梦去过的神仙世界太虚幻境，见到了死去的林黛玉，醒了以后，贾宝玉就大彻大悟了。知道人不能对感情特别是爱情太执着了，人的命，天注定，到头来一切皆空。于是贾宝玉的心灵变得非常平静，把一切都看穿了。连林黛玉的灵柩送回老家苏州的时候，他也笑嘻嘻的无动于衷了。

这时候，他丢了的通灵玉，也被和尚送回来了。和尚就是活佛，第一回的茫茫大士，活佛又和他谈了话，贾宝玉就大彻大悟了，平静地去准备功课，同时和妻子薛宝钗同房，薛宝钗很快就怀孕了，后来要生个男孩。贾宝玉准备好功课以后，就去京城参加科举考试，他成功了，中了第七名举人，但在回家的路上失踪了，然后就接上了拜别父亲的一幕。

在这个婚恋败局里面，作为爱情和婚姻是失败的，但是作为贾宝玉的人生，他转型成功了。那就是他模范地完成了中国传统社会最重视的两个社会责任，一个是为家族传宗接代，一个是给家族带来荣誉，考取功名，光宗耀祖，然后自己超凡脱俗，成了长生不老的神仙佛祖。这其实是中国传统"儒道佛互补"在一种世俗文化层面的故事演义,与西方文化意义上的"悲剧"审美有本质的差别。这就是程高本后四十回所写贾宝玉结局的第一个故事"婚恋败局"及其思想实质。

(三)家族变故

再看第二个故事,就是家族变故。注意我用了"变故"这个词。贾宝玉所在的贾府,是国公府,大贵族,可是他们家后来发生了变故。贾宝玉的姐姐贾元春,是贵妃,很受皇帝宠爱,这也是贾家最大的政治靠山。元妃日益受宠,皇帝经常临幸,当然赏赐也很多。但时间长了,贵妃的身体就发福了,其实就是享受太多了,高血压高血脂高血糖都出现了,越来越严重,最后就病死了。

贵妃死了以后,家族又发生了更大的变故,被皇帝下令抄家。这主要是宝玉的大伯贾赦和两个堂兄贾珍、贾琏,犯了一些违法乱纪的事,比如抢夺别人家藏的古扇,违反规定放高利贷,御史参奏,就是纪检部门检举揭发,结果贾赦、贾珍被抓起来了，判刑流放了，三个人的家产都被抄没了。这就是我们说的"家族变故"。贵妃死了，家被抄了，家里有人被捕了。

但是要注意，这里面它只是变故，因为贾宝玉的父亲贾政这一房，最后查来查去没有什么罪，是得到了宽赦的，没有被抄家，贾政后来还升了官。特别是贾宝玉的祖母是跟他父亲一起生活的，他祖母积累了好几代的财产，也没有受到损失。因此我们看，尽管贾家遭到了很大的变故，但是这个变故对贾宝玉本人的影响，其实并不严重。他仍然是一个官宦富家子弟，衣食无忧，他顶多是跟着家人见山过山，见水渡水，随大溜而已。

由婚恋败局到家族变故，然后就接上前面讲过的，贾宝玉参加科举考试后跟着一僧一道两个神仙，飘然出世，也就是最后一幕"看破红尘"了。这就是现在能读到的后四十回续书所写的贾宝玉的人生大结局。

二、续书写贾宝玉结局之悖谬

后四十回续书是对前八十回的"续",因此,首要的问题是,它续得对不对?特别是前八十回遍布着密密麻麻的"草蛇灰线",那么续书是不是能和这些伏笔伏脉接得上?把这个问题搞清楚,才能进一步讨论曹雪芹原著佚稿中写贾宝玉的结局究竟如何。

我们再回忆一下如何探佚的几种方法,其中最主要的是三项:对前八十回文本的文学分析,对"草蛇灰线"的仔细玩味,以及脂砚斋批语的提示。审视后四十回续书是否符合曹雪芹原意,自然也离不开这几个方面。

(一)婚恋败局的矛盾

再回顾一下续书所写贾宝玉结局的第一个故事:婚恋败局,即大家耳熟能详的金玉姻缘"调包计"黛死钗嫁。它的情节梗概是这样的:

丢玉—议婚—调包—黛死钗嫁—接受现实

仔细阅读前八十回文本，审视"草蛇灰线"，分析小说人物的关系和性格逻辑，立刻会发现后四十回与前八十回扞格难入的矛盾。

贾母和王熙凤

续书中为贾宝玉择配，弃黛选钗的关键人物是贾母，她是贾府的太上权威，一言九鼎，一锤定音。所谓："林丫头的乖僻，虽也是他的好处，我的心里不把林丫头配他，也是为这点子。况且林丫头这样虚弱，恐不是有寿的。只有宝丫头最妥。"而王夫人和王熙凤则赞成贾母的决定，说"不但老太太这么想，我们也是这样"（第九十回）。后来袭人挑明了宝玉的情感所属，贾母又说："林丫头倒没有什么，若宝玉真是这样，这可叫人作了难了。"王熙凤就想出了"调包计"："如今不管宝兄弟明白不明白，大家吵嚷起来，说是老爷做主，将林姑娘配了他了。"（第九十六回）后面的"黛死钗嫁"爱情婚姻悲剧就是这样开头的。

但仔细阅读前八十回，就会发现续书的这种情节发展大谬不然。

首先是贾母，她是林黛玉的亲姥姥，贾宝玉的亲奶奶。特别是黛玉的母亲是贾母最喜欢的一个女儿，而黛玉父母双亡，成了遗孤，贾母成了她唯一的亲人。因此前八十回从黛玉进入贾府开始，就写她和宝玉都成了贾母的"心肝儿肉"。前八十回多处伏笔伏线，都暗示贾母非常希望把黛玉配给宝玉。有两处"草蛇灰线"最为显豁。一是第二十九回因为张道士给宝玉提亲，惹出宝玉和黛玉的情感纠纷，贾母急得哭了，说："我这老冤家是那世里的孽障，偏生遇见了这么两个不省事的小冤家，没有一天不叫我操心。真是俗语说的，不是冤家不聚头。"而宝玉和黛玉听到"不是冤家不聚头"这句话，"好似参禅的一般，都低头细嚼此话的滋味，都不觉潸然泪下"。脂砚斋批语说："二玉心事，此回大书，是难了割。却用太君一言以定，是道悉通部书之大旨。""一片哭声，总因情重。金玉无言，何可为证？"贾母的一句话说破了宝玉和黛玉的"心事"，是整部小说的"大旨"，金玉良姻则没有老太太的话"为证"。

另外一处至为明显的"草蛇灰线"在第六十六回。贾琏和王熙凤的小厮兴儿向尤二姐和尤三姐演说荣国府，说到宝玉的婚配，兴儿说："将来准是林姑娘定了的。……再过二三年，老太太便一开言，那是再无不准的了。"老太太早定了林黛玉配贾宝玉，这是最能揣摩贾母心思的王熙凤屋里的仆人说的，其实也是贾府的"舆论"，伏线还不明显吗？

续书写王熙凤想出了调包计，成了制造黛死钗嫁悲剧的始作俑者。但一对照前八十回的描写，更是南辕北辙。

王熙凤是荣国府大房的儿媳妇，因为二房的大儿媳妇李纨是个寡妇，又"尚德不尚才"，才把王熙凤借过来管家。贾宝玉娶亲，其实意味着财产权力的再分配，就是宝二奶奶一过门，二房就有了合理合法的当家少奶奶，王熙凤就完成了历史任务，得把钥匙交出来了。而王熙凤的本质是个既贪财更贪权的女强人，那么在未来宝二奶奶的人选上，她首先从自己的利益得失考虑，其实是宁愿要身体不好又沉溺于诗性灵性生活的林黛玉，而不希望让与自己旗鼓相当更比自己有文化的薛宝钗当未来的宝二奶奶。道理很简单，形势极明显，林黛玉当了宝二奶奶，王熙凤仍然有希望继续留任管家，薛宝钗当了宝二奶奶，就一点希望也没有了。另外一个重要因素，就是王熙凤总是揣摩贾母的心思，捧老太太的场，贾母希望黛玉配宝玉，王熙凤当然会站在老太太一方。

所以，续书写贾母和王熙凤成了择钗弃黛导致黛死钗嫁悲剧的罪魁祸首，是完全违背前八十回的文学逻辑和"草蛇灰线"的。

王夫人

后四十回续书写王夫人在宝玉婚配问题上没有多少积极主动表现，好像就是顺着贾母的意思而已。实际上，前八十回通过种种伏笔暗示，写王夫人喜钗厌黛的倾向性与日俱增与时俱进。前面已经举过王夫人骂晴雯实际上是骂黛玉的例子。此外王夫人致金钏儿之死的故事中，也暗示了对黛玉的不满，我在《新评新校红楼梦》和《红楼梦探佚》等著作中作过详细的分析。

其实只看一下王夫人和林黛玉、薛宝钗之间的亲戚关系，个中奥妙也就耐人寻味。林黛玉叫王夫人舅妈，是王夫人丈夫妹妹的女儿；薛宝钗叫王夫人姨妈，是王夫人自己亲妹妹的女儿。是舅妈关系近还是姨妈关系近？更不要说薛宝钗身体健康，为人八面玲珑，极会讨人欢心，家庭是"珍珠如土金如铁"的皇商，还有"金玉良姻"的说法；而林黛玉身体病弱，好弄"小性儿"，父母双亡而家道中落。王夫人喜钗厌黛，其实是再自然不过了。

　　金钏儿死后，王夫人要给她两套新衣服妆裹，但现成的只有准备给林黛玉过生日做好的两套。王夫人对宝钗说："我想你林妹妹那个孩子，素日是个有心的，况且他也三灾八难的，既说了给他过生日，这会子又给人去妆裹，岂不忌讳。"宝钗却立刻捐出了自己的两套新衣服。王夫人说："难道你不忌讳？"宝钗回答："姨娘放心，我从来不计较这些。"黛玉是夫家的亲戚，"有心"又"三灾八难"，宝钗是娘家的外甥女，落落大方又身体健康，王夫人要选谁当儿媳妇，还不是洞若观火吗？

后来王熙凤生病，王夫人让李纨和探春临时管家，李纨是二房的儿媳妇，探春是二房的小姐，都具有管家的"合法性"，而宝钗，只是借住在贾府的一个亲戚，王夫人却把她也请过来，成为"三驾马车"的临时执政之一。这一情节的暗示意味再明显不过，在王夫人意中，宝钗已经是未来"宝二奶奶"的影子内阁了。王熙凤是王夫人娘家哥哥的女儿，薛宝钗是娘家妹妹的女儿，用薛宝钗接替王熙凤当荣国府的内当家，正是王夫人筹划已久的如意算盘。

　　王夫人是贾宝玉的母亲，按传统礼教，宝玉的择偶成家，"父母之命，媒妁之言"最重要，王夫人在这个问题上的权威和发言权其实并不在贾母之下。后四十回续书淡化王夫人在宝玉婚姻中的角色作用，不符合前八十回的种种伏笔伏线和人物性格逻辑。

（二）贾宝玉丢失通灵玉的问题

　　后四十回续书所写贾宝玉"婚恋败局"的故事，一个重要前提是宝玉丢失了通灵玉而变得"疯傻"。因为不这样写，后面的"调包计"等一系列情节都没法子自圆其说。前八十回写贾宝玉聪明灵透，在感情问题上又那样执着，第五十七回紫鹃说了一句林黛玉要回苏州的玩笑话试探，宝玉已经闹得天翻地覆，让他在正常情况下同意娶薛宝钗而抛弃林黛玉，其实是没法写的。

为了解决这个写作难题，后四十回就编造了一个通灵玉丢失的桥段。但这个桥段却从根本上违背了前八十回的主题主旨、艺术结构，当然也完全背离了"草蛇灰线"。

原来第一回所写，贾宝玉是西方太虚幻境神瑛侍者投胎转世，而通灵玉却是大荒山女娲补天剩下的一块顽石。太虚幻境是在印度的灵河岸边，大荒山却在中国大西北昆仑山一带，二者距离十分遥远。是茫茫大士和渺渺真人把顽石变成通灵玉，去太虚幻境放到了即将投胎转世的神瑛侍者口里，贾宝玉生下来才含着通灵玉。补天剩石通灵玉是神瑛侍者贾宝玉的"随行记者"（蔡义江语），它的任务是记录下神瑛侍者转世后耳闻目见身历的经过故事，所以《红楼梦》本名《石头记》，这本书的内容是石头这个"记者"记录下来的。后来劫数完结，通灵玉复还本相，又回到了大荒山，空空道人才从石头上面抄录下来，交给曹雪芹问世传奇。

所以，补天剩石通灵玉和神瑛侍者贾宝玉之间，虽然也存在某种象征关系，但并非"你就是我，我就是你"的一回事，通灵玉里面没有贾宝玉的魂魄，并不是贾宝玉的"命根子"——那只是贾母等人的一种世俗迷信说法。前八十回为了金玉之说，贾宝玉对通灵玉又摔又砸，哪里是对待"命根子"的态度？贾宝玉也没有因为粗暴对待通灵玉而有任何不良反应。所以，按曹雪芹原著，贾宝玉即使丢失了通灵玉，也根本不会变得疯癫傻愣。后四十回续书为了解决自己的写作难题，才对第一回作了改写，把补天剩石、神瑛侍者合二为一，顽石、神瑛、贾宝玉、通灵玉，就四位一体了。

这是后四十回对曹雪芹原著最大的歪曲篡改。篡改后才能写"调包计"等一系列编造的情节。通灵玉长期离开了贾宝玉，离开了贾府，"记者"失职，逃离了故事现场，"调包计"、黛死钗嫁等编造的事情不再是"石头记"，当然也不再是"红楼梦"。

（三）家族变故与看破红尘的错谬

后四十回续书所写贾府的家族变故，也与前八十回的"草蛇灰线"榫卯难合。无论是第五回太虚幻境的判词、曲子，如"势败休云贵，家亡莫论亲""忽喇喇似大厦倾，昏惨惨似灯将尽""好一似食尽鸟投林，落了片白茫茫大地真干净"，还是第十三回秦可卿托梦王熙凤时所说"月满则亏，水满则溢""登高必跌重""乐极悲生""树倒猢狲散"，或者前面讲过的各种诗谶、谜谶、戏谶、语谶、谐音、引文、影射等，如元春灯谜"一声震得人方恐，回首相看已化灰"，如元春归省点的戏曲和清虚观打醮神前拈戏，如抄检大观园时探春的愤怒之语："你们今日早起不曾议论甄家，自己家里好好的抄家，果然今日真抄了。咱们也渐渐的来了。可知这样大族人家，若从外头杀来，一时是杀不死的，这是古人曾说到'百足之虫，死而不僵'，必须先从家里自杀自灭起来，才能一败涂地呢！"等等，都十分清楚地暗示出，八十回以后贾府的遭遇，绝不会是后四十回续书所写的那样，那情况要严重得多，二者的差别不可以道里计。

后四十回所写贾府的"家族变故"灾难性程度太轻微，直接的一个后果是贾宝玉并没有遭遇多少真实的苦难，无论是物质方面，还是情感精神方面。他的挫折感悲剧感其实都相当轻微，也就不可能激发出强烈深刻的对人生、生命、命运等的形而上反思。

因而，后四十回续书写贾宝玉最后"看破红尘"的结局，也就思想内涵十分肤浅。他最后披着大红猩猩毡斗篷拜别父亲后去成佛作祖，既不是因为对包办婚姻的不满和抗议，也不是因为遭遇了家族苦难及人生打击后而幡然醒悟，而是一种相当世俗化的人生完美理想境界的追求。就是前面已经讲过的，在完成了对家族的两大世俗任务传宗接代和光宗耀祖之后，又实现了个人的长生与逍遥，就是"腰缠十万贯，骑鹤上扬州"那样一种美满的结局境界。

三、佚稿贾宝玉结局之轮廓

后四十回续书所写贾宝玉结局，完全违背了前八十回的情理逻辑和伏笔伏线，这一点清楚了。那么，曹雪芹原著八十回后佚稿，也就是后二十八回，是怎样写贾宝玉的结局呢？

佚稿中贾宝玉的结局，也是三个方面，但关键词不同，就是婚恋沧桑、家族覆灭和拥抱红尘。

（一）婚恋沧桑

不同于后四十回续书的"婚恋败局"，后二十八回佚稿是"婚恋沧桑"。要害问题，就是前面已经讲到的，贾宝玉的婚姻，不仅仅是一个简单的娶媳妇的爱情婚姻问题，而是牵动着家族内部财产权力再分配的一个政治问题。中国传统文化历来是以家例国，家族纷争就是国家政治的缩影。

前面已经有所涉及，贾宝玉的择偶成家，涉及家族财产继承权和管理权的变更。贾宝玉结婚，意味着他已经长大成人，要承担家族传宗接代的责任，自然也就要正式继承家族的财产。贾宝玉是贾政的嫡子，是特别受贾母宠爱的嫡孙，贾母拥有巨大的祖传财富，所以，不管贾宝玉本人态度如何，他的继承人地位已经使他无可逃避地成为家族各种势力虎视眈眈的对象。

主要的一个竞争对手，是贾宝玉庶出的弟弟贾环和其母赵姨娘。前八十回的许多情节早已把这一点表现得风生水起。赵姨娘魇魔法的暗害算计，贾环对金钏儿事件的歪曲诬蔑告阴状，贾环推倒油灯企图烫瞎贾宝玉的眼睛……赵姨娘对马道婆说得非常清楚，把贾宝玉算计了，荣国府的家产"怕不是我环儿的"。另外一个不明显但也潜伏着的竞争对手是李纨的儿子贾兰，他已故的父亲是贾政的大儿子，是贾宝玉的哥哥，贾兰其实是贾政这一房的承重孙，在继承家族财产方面，至少与贾宝玉有同样的合法性。此外还有嫉妒二房的大房贾赦、邢夫人一派。

财产管理权问题，前面也已经谈到，就是从大房借到二房管家的王熙凤，随着贾宝玉娶亲，面临向过门的宝二奶奶交钥匙的形势。一个财产继承权，一个财产管理权，所以贾宝玉和王熙凤实际上是《红楼梦》并列的双主角，各种冲突最后都在他们两个人身上聚焦。赵姨娘搞魇魔法，不就是要暗害这两个人吗？

因此，围绕着贾宝玉的娶亲问题，佚稿中的情况，比后四十回续书所写之简单的包办婚姻，那不知道要复杂和激烈多少倍。探佚研究勾勒出的大体轮廓是：贾母想给贾宝玉娶林黛玉，但王夫人却想娶薛宝钗，王熙凤夹在老太太和太太当中，有点左右为难，但她心里是赞成娶林黛玉的。赵姨娘和贾环，为了谋夺财产继承权，造谣说贾宝玉和林黛玉有"不才之事"，邢夫人等大房势力，出于对二房的嫉妒，也和赵姨娘一伙勾结起来。且不说还有贾政的态度，李纨和贾兰的态度，以及朝廷的政治变迁对贾府的影响等需要进一步研究的因素，单是贾母、王夫人、王熙凤、赵姨娘、贾环和邢夫人这些人的矛盾争斗，就可以想象那情节的跌宕起伏气象万千了。

在关键时刻，贾母病重或病死了，没有了贾母这块镇山石，贾府更是风生水起风急云涌风险涛恶，赵姨娘和邢夫人等的诽谤攻击更加肆无忌惮。失去了贾母的保护，林黛玉、贾宝玉和王熙凤都面临恶劣的形势，王夫人不喜欢林黛玉，当然还是要保护贾宝玉的，她进宫找贵妃娘娘贾元春，由元春下旨，为贾宝玉娶薛宝钗。林黛玉在激烈的家族内斗中以泪洗面，"眼泪还债"而死。这里面还有朝政的事故变迁等外部影响，比如贾宝玉可能一度被迫离开了贾府，黛玉既受到流言诽谤，又为宝玉的安危日夜忧心，终于还泪殉情。

贾宝玉和薛宝钗结婚了，也是缺少爱情的家长包办婚姻，但这个包办婚姻的本质，却是家族内部争夺财产的激烈争斗，以及朝廷政治风云对家族的影响，其复杂的关系，多元的头绪，酷烈的较量……与后四十回所写调包计黛死钗嫁的简单情况是不可同日而语的。

但贾宝玉的婚恋经历还有更多的后文，探佚研究表明，贾宝玉与薛宝钗成婚不久，元妃就死了，紧接着贾府被抄家，贾宝玉目睹了家族的巨变和众多女儿的悲惨遭遇，"弃宝钗麝月"而"悬崖撒手"（脂批），出家为僧。但空门同样不是净土，他在佛庙里也混不下去，后来在无家可归的颠沛流离中，遇到了也遭遇抄家苦难的史湘云，开始了第三段情恋。所以贾宝玉的婚恋格局，是三妻一爱人。老红学家俞平伯先生和周汝昌先生，都是这样认为的，只是俞先生表达得比较简略，周先生则反复申说论证。总之我们看，曹雪芹在后二十八回佚稿里，所写贾宝玉的婚恋，完全不同于后四十回续书所写的婚恋败局，而是婚恋沧桑。我选用"沧桑"这个词，就是说内容非常复杂，有恨有痛有苦也有爱，酸甜苦辣咸五味杂陈。

（二）家族覆灭

前面已经分析过，后四十回续书所写和贾宝玉有关的第二个故事，是家族变故，并不符合前八十回的伏笔伏线，曹雪芹原著后二十八回佚稿中，写的是"忽喇喇似大厦倾"的家族覆灭。之所以会遭遇覆灭的巨大灾祸，因为贾府不仅仅是一般的违法乱纪，而是卷入了朝廷的政治斗争。

前八十回的"草蛇灰线"虽然影影绰绰，其实暗示得也很明显，那就是朝廷中有两派政治势力，一派以北静王为首，另一派以忠顺王为首，而贾家属于北静王这一派。秦可卿丧事中，有"贾宝玉路谒北静王"的专门描写。第五十八回朝中一个老太妃死了，荣宁二府的主人贾母等都随朝祭祀，特别描写"下处歇息……东西二院，荣宁便赁了东院，北静王府便赁了西院。太妃少妃每日宴息，见贾母等在东院，彼此同出同入，都有照应"。

　　蒋玉菡的故事则更加耐人寻味。蒋玉菡是一个长得非常漂亮的演小旦的男戏子，有一次在酒会上，贾宝玉认识了蒋玉菡，两人互相欣赏，感情非常好。初次见面，蒋玉菡就把腰里系的一条大红汗巾子（系内裤的腰带）送给了贾宝玉，并且说我为何送你这条汗巾子呢？因为它非常珍贵，是茜香国女王进贡的，围在腰上很凉快，不生汗水，这是北静王爷送我的，现在我转送你。但这个蒋玉菡他实际上是另外一个王爷忠顺王的戏子，按照俄罗斯保存的那个抄本上说，这个戏子是皇帝赏给忠顺王爷的。忠顺王爷非常喜欢这个蒋玉菡，可是有一段时间蒋玉菡怎么也找不着了，忠顺王爷很奇怪，后来一打听，说是蒋玉菡和贾宝玉来往很密切，于是忠顺王爷非常生气，就派他的管家到贾府里去找贾宝玉，问蒋玉菡藏在哪儿。贾宝玉一开始耍赖，说我根本不认识蒋玉菡，于是忠顺王府的管家就呵呵冷笑，说你腰里系的大红汗巾子从哪儿来的？贾宝玉没有办法，只好老实供出来，听说蒋玉菡在郊区紫檀堡买了房子，可能在那儿呢。忠顺王府的管家就去紫檀堡找蒋玉菡了。贾政因此非常生气，把贾宝玉痛打了一顿，当然还有贾环向贾政诬告宝玉强奸金钏儿致死的另一个因素。

关键我们看蒋玉菡这个名字，"菡"是草字头的菡，意思是荷花，但是这个菡又和函授的"函"是同音的，字形也接近，而函呢，古人写完信要盖图章，这个函也可以解释为图章、印章。因此清朝就有人讲过，说这"玉菡"两个字，实际上暗示的是皇帝的传国玉玺。为什么他在紫檀堡买了房子呢？紫檀堡就是紫色的檀香木做的盒子，用来装贵重的传国玉玺。因此蒋玉菡这个人物，他实际象征传国玉玺，影射的是国家政权。他和北静王、忠顺王都有关系，他是忠顺王的戏子，但北静王送他一条大红汗巾子。这实际上就是一种微妙的艺术，暗示北静王和忠顺王两个政治集团，在争夺国家政权。

但是在后二十八回佚稿里面，两个集团彼此争斗的结果，北静王集团失败了，贾府属于这个集团，也就遭到了灭顶之灾，被抄家了。全家人的下场都非常惨，姐妹丫头死的死，散的散，被凌辱，被变卖，贾宝玉的父母、祖母、姐妹，都死了，特别是他当贵妃的姐姐贾元春，她不是如后四十回续书所写的病死，而是类似于唐朝杨贵妃马嵬之变的那样一种政治斗争的牺牲品。这在前八十回也有不少伏笔伏线，比如前面说过的贾元春归省时点的折子戏，其中影射元春死亡的那一出，就是《长生殿》里面的《乞巧》，正是演义杨贵妃的传奇。太虚幻境暗示贾元春结局的册子判词，说"三春争及初春景，虎兕相逢大梦归"。虎是老虎，兕是野牛，这两个野兽互相搏杀，贾元春就成了两派斗争的牺牲品了。

所以说，曹雪芹写的后二十八回佚稿里面，贾氏宗族的遭遇不是变故，而是覆灭，而这是以生活原型江宁织造曹家和苏州织造李煦家等的经历结局为蓝本的。覆巢之下安有完卵，贾宝玉自然也遭遇了巨大的不幸，首先被关在监狱里面审问，关了一段，然后放出来了，他毕竟是年少之人，没有直接参与政治斗争。但是他的家贾府已经被抄了，房子被没收了，他没地方住，就住到了破庙里面。脂砚斋的批语有一些透露，比如有一条脂批说，他住在嶽神庙（因字形相似，有的说是狱神庙），就是山神庙。还有批语说，他当时的生活是"寒冬噎酸虀，雪夜围破毡"。就是在寒冷的冬天，他没饭吃，只能吃野菜，而且是已经发酸的。他也没有衣服穿，拿个破毡子围着，在呼呼的北风里瑟瑟发抖。这可和前八十回住在怡红院里面是九天九地的差别了。当然也不可能像后四十回续书写的那样，披着大红猩猩毡斗篷，没有这个派头了。完全就是一个乞丐一样的人生了。在家族覆灭的这样一个过程中，贾宝玉当然遭遇了非常多的苦难，不仅是生活的穷困潦倒，更是精神情感上的摧残。大家想，他死了那么多亲人，心灵受到的伤害该多么酷烈。

后二十八回佚稿是家族覆灭，后四十回续书是家族变故。遭遇家族覆灭的贾宝玉和经历家族变故的贾宝玉，无论故事情节或者思想内涵，或者艺术感染力，那差别可想而知。

（三）拥抱红尘

那么，后二十八回佚稿里面，贾宝玉在经历了婚恋沧桑和家族覆灭的巨变后，他最后的精神面貌和价值诉求是怎样的呢？

前面说过，根据脂批透露和探佚研究，贾宝玉和薛宝钗婚姻破裂后，出家当和尚了，但这只是贾宝玉在遭遇了巨大苦难后一段时期的情况，他很快又离开了寺庙，与史湘云相遇结合了。

我探佚的一个情况是，贾宝玉先后出过两次家，第一次是当和尚，第二次是当道士。怎么说呢？我们看第三十一回有个故事，就是贾宝玉和林黛玉闹感情纠纷，林黛玉耍小性儿，说我死了你怎么办？贾宝玉回答说你死了我做和尚去。这种矛盾闹过两次，第二次林黛玉就调侃贾宝玉说，做了两个和尚了，从今往后我都记着你做和尚的遭数儿。这就是"草蛇灰线"，曹雪芹独特的艺术手法，暗示未来贾宝玉要出两次家。我认为对"做两次和尚"也不能死抠"和尚"这两个字，实际上后面的故事情节，是说贾宝玉出了两次家，一次是抛弃宝钗出家当和尚，第二次他是当道士去了。

　　这个根据又是哪儿来的呢？我们看前八十回贾宝玉还有两个故事。一个是第二十一回贾宝玉曾经读《庄子》。他和姐妹们闹情感纠纷，于是读《庄子》寻求解脱，读了一晚上，在那一时刻他有点感觉，于是就模仿《庄子》写了一段文章，其中说"戕宝钗之仙姿，灰黛玉之灵窍"，天下才能安定，意思是说宝钗黛玉等佳人的美貌聪明，都是给人带来感情困扰的因素，应该看破，把这些不放在心上，才能得到解脱。我们知道庄子是道家的代表人物，后世被道教封为南华真人，《庄子》则被尊为《南华经》，后来林黛玉看了贾宝玉那段悟庄文字后，就在后面写了一首诗调侃他，其中一句是

"剿袭南华庄子因"。《庄子因》是清代康熙年间林云铭写的一部点评、阐释《庄子》的学术著作。所以这个情节实际上暗示着贾宝玉未来也要当道士。还有另外一个情节，紧接着第二十二回，又是一次贾宝玉和姐妹闹纠纷，非常气愤，他又去学佛教禅宗的东西，他参禅，一时半会好像觉悟了，写了一个偈子，偈子是和尚写的押韵的诗歌一样的东西，表现他们对佛教的理解。贾宝玉写的偈子里面最后说："到头来，回头试想真无趣。"意思是回头一看，自己和姐妹的感情纠纷，真是没意思，想透了应该把这些超脱。我们看这一次贾宝玉又是参禅，是学佛教的东西，这实际上暗示，贾宝玉未来也要当和尚。未来有两次出家，一次是当和尚，一次是当道士。

另外，小说里贯穿始终的两个神仙茫茫大士和渺渺真人，就是一个和尚与一个道士，这是全书的一个大布局、大象征。前八十回写和尚与道士出现，往往是化解危难而唤醒痴迷，但僧道各有分工，和尚负责女的，道士负责男的。比如林黛玉小时候多病，和尚来说今生不能见外姓亲友才有望病好，薛宝钗的冷香丸也是和尚给的方子，而甄士隐、柳湘莲觉悟出家是道士点化，送风月宝鉴给贾瑞的也是道士。第一回甄士隐抱着英莲走到葫芦巷街前，是疯僧跛道一齐出现唱诵"可怜佳节元宵后，便是烟消火灭时"，因为甄士隐是男子而甄英莲是女儿。魇魔法之厄中，遭遇灾难的也是男女各一，贾宝玉和王熙凤，所以僧道双双出场。从这种总体结构和象征艺术的角度观照，贾宝玉是全书第一主角，他既悟道又参禅，佚稿中也应该写他既当和尚又当道士，才照应严密而浑然一体。顺便说一句，后四十回给贾宝玉送回通灵玉的是和尚而不是道士，就违背了和尚管女的、道士管男的这一"潜规则"。

也许有人会提出疑问，第二十一回贾宝玉读庄，第二十二回则悟禅，按"草蛇灰线"的先后顺序，后面佚稿情节也应该是先当道士后做和尚吧？其实，那样写的话就成了刻板的算术而非灵动的艺术，伏笔伏线是不能扣死的，而往往要在大相似的前提下搞一点小差异，避免一一对应的呆笔滞墨，才能使文章机灵自然而富有奇致。比如晴雯是林黛玉的"影子"，却写是花袭人而非晴雯和林黛玉的生日为同一天，就是一种写法的巧妙变通。贾家四春的生日，大姑娘正月初一，三姑娘三月初三，但绝不能再写二姑娘二月初二和四姑娘四月初四。又比如前面讲过《水浒传》地煞星的前两位朱武和黄信，分别影射吴用、公孙胜和宋江、卢俊义，但朱武却排地煞星第一位，黄信排第二位，也是一种写作技巧，不搞丝毫不差的死对应，把伏笔的活龙变成死鱼。前面写贾宝玉先读庄后悟禅，后面则是先当和尚后做道士，才活泼微妙，也更耐人寻味，而富有审美的神韵。

同时要注意，是渺渺真人负责男性，贾宝玉终极的境界攀升，当然也应该是通过道家的灵悟。其实儒道禅三位一体，贾宝玉最后达到的境界，早已将三教融会贯通而且还有所超升。还有值得注意的一点，前八十回没有写贾宝玉与和尚交往，却与两个道士打过交道，一个是第二十九回清虚观的张道士，另一个是第八十回天齐庙里的道士王一贴。而引发"因麒麟伏白首双星"的金麒麟，正是从张道士那儿得到的。另外，贾元春归省时点的四出戏谶，其中"伏甄宝玉送玉"的一出是《邯郸梦》里的《仙缘》，也是道教神仙故事。这些不都是佚稿中贾宝玉和史湘云皈依道家，从《庄子》获取觉悟资源的"草蛇灰线"吗？

另外，脂砚斋批语说《红楼梦》"深得金瓶壶奥"，曹雪芹写小说，受到《金瓶梅》的强烈影响，思想上升华，艺术上借鉴。《金瓶梅》的结局，有两个情节，西门庆死后家道败落，他的女婿陈敬济一度流落到道观里当道士，后来又离开了，而他的遗腹子孝哥最后是出家当了和尚。曹雪芹可能受到启发，把陈敬济和孝哥的情节巧做剪裁，化用到贾宝玉身上，写宝玉先做和尚，再当道士。此外《桃花扇》里最后也是侯方域和李香君双双入道，"张道士归结兴亡案"，可能也是曹雪芹的灵感来源之一。

佚稿中贾宝玉曾"悬崖撒手"而"为僧"，有明确的脂砚斋批语为证。那么怎么后来又当道士呢？当然探佚不是文学再创作，不能说得太具体。里面可能有更曲折的情节。我个人认为，那有可能是写贾宝玉先去了和尚庙宇，但他的遭遇正像陈敬济在道观和叫化子冷铺中那样不堪，所以离开了寺庙，然后才和也遭遇了抄家灾难而历尽沧桑的史湘云相逢会合，两个人就在一起回首往事，感慨万分，共同过着虽然艰难却又是互相安慰的日子。其中一个内容，是贾宝玉和史湘云通过对《庄子》等道家典籍的阅读领略，而达到了一种更加超越高远的人生境界"悟情"，而不是看破世情。和尚一般是不能娶老婆的，但道士是可以娶老婆的，叫火居道士。贾宝玉得到了《庄子》的真谛，他当道士了，但仍然和史湘云在一起。不管是当和尚还是当道士，曹雪芹最后所肯定的，那却是要从世俗所理解的佛教道教的空无幻灭中走出来，肯定情肯定爱，肯定情爱是最有价值的。不是看破红尘，而是拥抱红尘。

有一条脂砚斋的批语说，后二十八回佚稿里面最后的一幕，是一个情榜的故事。情榜就是榜上写着好多人名，每个人后面有以"情"字为核心的评语，这个榜可能是太虚幻境的爱情女神警幻仙姑挂出来的，榜上的人都是小说中重要的男女主人公。后面的两三个字就是给他们一个鉴定，对这个人的一个本质的概括。那么贾宝玉，警幻仙姑给他一个什么鉴定呢？脂批说是三个字：情不情。情，这是个动词，就是要满怀感情；不情，是个名词，就是无情，没有感情的对象，没有感情的世界。情和不情连起来，就是对没有情和爱的对象和世界也要满怀感情地来对待，就是不管受了多大的委屈，遭遇了多少挫折苦难，都不要对生活绝望，要始终对这个世界有爱心有同情心有慈悲心宽恕心。这就是曹雪芹原来写，贾宝玉经历了婚恋沧桑家族覆灭，那么巨大的灾难，但是最后，他要和史湘云共度虽然物质生活并不富裕却充满了情爱的幸福人生，就像前八十回回目所说的"因麒麟伏白首双星"。贾宝玉最后的心理状态是拥抱红尘，他含着眼泪微笑，回忆那些美好的人、美好的事。

这就是"两种《红楼梦》"两种不同的贾宝玉结局：

后二十八回佚稿：

婚恋沧桑；家族覆灭；拥抱红尘。

后四十回续书：

婚恋败局；家族变故；看破红尘。

　　对我们今天的人，这种对照是不是也颇有启示意味呢？每个人一生中都会遭遇许多挫折和不顺心的事，甚至磨难苦难灾难，我们也会想各种办法寻求解脱。那么你是选择像续书所写的贾宝玉看破红尘呢，还是选择曹雪芹写的贾宝玉虽然历尽沧桑打击，却仍然含着眼泪微笑，拥抱红尘，肯定人生呢？

一、金陵十二钗排序之谜

《红楼梦》第五回贾宝玉梦游太虚幻境，看到了"薄命司"里金陵十二钗的"册子"判词，还听了仙境歌舞乐队演唱的"红楼梦"组曲。小说描写有正册、副册和又副册共三等册子，每册十二个女子，但写贾宝玉只看了又副册中第一第二名两个女子和副册中第一名一个女子的判词，正册则十二名女子看全了。而"红楼梦"组曲一共十四支曲子，首曲是引子，尾曲是收官，中间的十二支曲子一一对应着正册十二钗。

我早已指出过，十二钗的排列次序极有讲究，就是每两人一对。正册里面的前六钗是两对金玉和两个王妃各自成对，乃十二钗中最杰出的六位。两对金玉是脖项上戴着金锁的薛宝钗和名讳里有"玉"字的林黛玉，腰带上佩着金麒麟的史湘云和法号里有"玉"字的妙玉。两个王妃是国内的皇贵妃贾元春和后来远嫁海外做王妃的贾探春。两个王妃是盛衰荣辱最明显的化身，她们排在第三第四位，隔开前面的钗黛和后面的湘妙，正应对着情节的演变格局：贾宝玉和宝钗、黛玉的婚恋故事主要发生在贾府还算兴盛的时段，是正照风月宝鉴；湘云、妙玉和贾宝玉的主体故事则发生在衰败以后，是反照风月宝鉴时的内容。

后面的六钗相对逊色或者重要性差一些，但也是两人一对，各有道理。贾迎春和贾惜春一对，一个懦弱而被丈夫虐待而死，一个孤僻而出家为尼，显然不如贾元春和贾探春突出和重要。王熙凤和贾巧姐是母女，两个人的命运紧密相连，王熙凤当家，但最后"忽喇喇似大厦倾"，她的女儿贾巧姐的命运也急转直下，"势败休云贵，家亡莫论亲"；但由于凤姐曾经周济过刘姥姥，"济困扶穷""积得阴功"，巧姐就受惠，被刘姥姥救出脱离灾难，"这正是乘除加减，上有苍穹"。

最后是李纨和秦可卿，一个贞，一个淫；一个"晚韶华"，"老来富贵也真侥幸"，一个早早就"好事终"，"画梁春尽落香尘"，相反相成，对比对照，但也都是薄命女儿。

同时，通过第五回贾宝玉梦游太虚幻境的情节，说太虚幻境有一个仙女名叫可卿，"鲜艳妩媚有似乎宝钗，风流袅娜则又如黛玉"，乳名兼美，被警幻仙姑安排与贾宝玉初试云雨情。宝玉在梦中叫"可卿救我"，让秦可卿纳闷："我的小名这里没人知道，他如何从梦里叫出来？"通过这样一种微妙的描写，暗示秦可卿兼有钗黛之美，是一等一的美女。十二钗里只有秦可卿是宁国府的，其他十一位都是荣国府的（史湘云是荣府老祖宗贾母娘家的侄孙女，妙玉是荣府请来的女尼），但其实秦可卿才是最美丽的，这样也就使详写荣府而略写宁府获得了一种平衡。最后一位秦可卿兼有第一第二名钗黛之美，也就是说，只要倒个个儿，殿军也就是冠军。而《红楼梦》的基本格局，就是风月宝鉴的正照和反照，盛衰荣辱，都要翻过来看。

副册只出现了第一名香菱，也就是第一回就出现的甄士隐的女儿甄英莲，其实是所有薄命女儿的总代表，第四回的回目就称她为"薄命女"。故而，第七回就变着法儿写她长得像秦可卿，刘姥姥走后，周瑞家的去薛姨妈那里找王夫人，初次见到了香菱，就和金钏儿评论她，说"竟有些像咱们东府里蓉大奶奶的品格"，同时为她悲惨的身世命运"叹息伤感一回"，蓉大奶奶就是秦可卿。这其实等于说香菱也是"兼美"——用这种艺术手法照应了副册与正册的异曲同工。甲戌本《脂砚斋重评石头记》这一回的回目是"送宫花周瑞叹英莲"，画龙点睛，点明香菱的命运"真应怜"——乃普天下薄命女儿的一个代表性缩影。

又副册只出现了第一名晴雯和第二名花袭人。但"晴为黛影，袭为钗副"，不也是"兼美"，是用另一种笔墨呼应了正册与副册的寓意格局吗？

金陵十二钗正册、副册、又副册的排序，就是如此互相照应，巧夺天工！

二、林黛玉结局之谜

（一）后四十回续书林黛玉结局分析

林黛玉是前八十回最重要的女主角，前面讲贾宝玉结局时已经谈了不少。下面再对她的结局之谜钩玄提要，略作分疏。

后四十回续书中林黛玉的故事轮廓，可以这样概括：

> 风声鹤唳绝食求死；偷听私语起死回生；调包计泄含恨而亡。

续书中林黛玉的结局就是这样三个阶段，三部曲。首先是"风声鹤唳绝食求死"，从第八十二回就开始了，回目叫"病潇湘痴魂惊恶梦"。写林黛玉做了一个梦，梦见父亲娶了继母，要把自己嫁给继母的一个亲戚，来接自己回去成婚。黛玉因为爱贾宝玉，非常着急，去求姥姥贾母和两个舅妈，但大家都不搭茬，笑嘻嘻地说是好姻缘。黛玉又去找贾宝玉，贾宝玉就拿一把刀子往胸口一划，要掏出心来给黛玉看，黛玉放声大哭，宝玉眼睛一翻，咕咚倒了，黛玉就哭醒了。醒了以后黛玉痛定思痛，神魂俱乱，而且吐血了，更加绝望灰心。然后是贾母、王夫人和王熙凤开始商议给贾宝玉娶媳妇的事情，贾探春的丫鬟听到点风声，和林黛玉的丫鬟说闲话，结果被躺在床上的林黛玉听到了，林黛玉就开始绝食，拒绝医药，实行慢性自杀。小说中的描写是："索性不要人来看望，也不肯吃药，只要速死。睡梦之中，常听见有人叫宝二奶奶的。一片疑心，竟成蛇影。一日竟是绝粒，粥也不喝，恹恹一息，垂毙殆尽。"（第八十九回）情况非常危急，以至于黛玉的丫鬟说："人事都不省了，瞧瞧罢，左不过这一两天了。"这就是回目说的"蛇影杯弓颦卿绝粒"。

仔细读这些描写，有许多不合情理的地方。林黛玉"心较比干多一窍"，望一知十，怎么忽然变得如此弱智？听见风就是雨，绝粒自戕，形同儿戏。她已经病得这么严重，连丫鬟都说"一两天"就快死了，而贾母等对林黛玉如此严重的情况，竟然似乎毫不知情无动于衷，好像没这回事一样……

接着是"偷听私语起死回生"。事情后来怎么发生了转机呢？是贾探春的丫鬟和林黛玉的丫鬟又说闲话，垂危的林黛玉又听到了，而这一次，贾探春的丫鬟说，听见说贾母给贾宝玉娶亲要亲上做亲，而且女方就是大观园里头住着的人。黛玉一想，那不就是自己吗？于是"因此一想，阴极阳生，心神顿觉清爽许多"，不久病就好了起来。而贾府里已经是议论纷纷，说黛玉病也病得奇怪，好也好得奇怪。

贾宝玉娶亲的问题就由酝酿阶段正式提上议事日程了，贾母、王夫人和王熙凤三个人商量，林黛玉的亲外祖母贾母却说林黛玉身体不好，不是个有寿的，又说林黛玉的性格乖僻，两条理由，身体是病秧子，性格又差劲，不能配给宝玉，只有宝丫头最妥当。定调决策，否定了林黛玉，而决定给贾宝玉娶薛宝钗。贾母这种表现的不合人事情理不合性格逻辑，以及违背前八十回的伏笔伏线，前面已经做过详细的分析辨证。

再下来就是第三阶段"调包计泄含恨而亡"。贾宝玉的通灵玉忽然丢失，宝玉疯了，贾母、王夫人、王熙凤急着给贾宝玉娶媳妇冲喜，当然是要娶薛宝钗了。花袭人提醒王夫人，贾宝玉心里只有林黛玉，于是王熙凤就想出了"调包计"。谁知道贾母的一个丫头傻大姐却在无意中把消息泄露给了林黛玉，说贾宝玉要娶薛宝钗了，回目叫"泄机关颦儿迷本性"，林黛玉进入了精神失控的亢奋又绝望的状态，跑到怡红院去见因丢了通灵玉而傻呆呆的贾宝玉，两人面对面傻笑了一会儿。林黛玉飞快地走回了潇湘馆，就进入了病危状态，随后就是她撕手帕焚烧诗稿，恨恨地叫："宝玉，宝玉，你好……"意思是宝玉你好负心好狠心好绝情，然后就"两眼一翻"香消玉殒了。这就是过去经常说的，续书写的所谓"钗黛争婚""黛死钗嫁"的"伟大的"爱情婚姻悲剧。

然后"花开两朵，各表一枝"，那边贾宝玉在和薛宝钗举行婚礼，潇湘馆的林黛玉则已经病入膏肓，进入弥留状态，身边的两个丫鬟，雪雁被叫去参加婚礼以糊弄贾宝玉，林黛玉身边只剩下紫鹃一个人。林黛玉咽气的时刻，也就是贾宝玉和薛宝钗举行成亲大礼拜堂的时刻，二者发生在同一个时辰。回目叫"薛宝钗出闺成大礼"和"苦绛珠魂归离恨天"。

通过探佚和续书佚稿对比研究，可以厘清以下几个问题：

第一，续书写林黛玉死前对贾宝玉恨怨交加，这和小说开头"眼泪还债"的神话背景满拧了。小说第一回就写了，林黛玉投胎转世来到人间，是因为她的前世本来是太虚幻境的一棵仙草，就是绛珠草，因为同样在太虚幻境的神瑛侍者用灵河的仙水甘露浇灌，才能够活得长久，并且最后变成了一个女孩子，这个女孩子说自己欠下了神瑛侍者的仙水甘露人情债，要投胎转世后用自己一生的眼泪偿还。神瑛侍者投胎后转生为贾宝玉，绛珠草投胎转生后成了林黛玉。所以林黛玉爱哭，她是在报恩还债，她的哭都是因为爱贾宝玉，心疼贾宝玉，那些情感纠纷小性儿，其实质也是因为爱。

总之，从根本上林黛玉是为了贾宝玉的利益而流泪，不是为了自己的利益哭。这在前八十回的情节里不断地在渲染这个主题。比如林黛玉刚进贾府，第一次见贾宝玉，贾宝玉问林黛玉有没有通灵玉，林黛玉说你的玉是稀罕东西，哪能人人都有呢？我没有。宝玉听了就摘下通灵玉狠狠地摔到地上，说这个神仙似的妹妹都没有，我一个人有没意思。而林黛玉晚上就一个人哭，对丫鬟们说我第一次见宝玉就惹得他犯了病，摔了玉，如果这给他带来不幸，岂不是我的罪过？林黛玉见了贾宝玉第一次就哭，就是害怕给宝玉带来不幸，不是怕对自己有什么损害，这就是"眼泪还债"的本质，是报恩，关心对方的利益。还有一次宝玉和黛玉闹感情纠纷，宝玉又摔了通灵玉并且要砸，急得林黛玉哭着说你何苦要和那哑巴物件（指通灵玉）过不去，你砸它，不如来砸我。黛玉哭着表达的感情核心还是怕砸通灵玉对宝玉不好。

　　前八十回一次最大规模的"眼泪还债"是宝玉挨打以后，林黛玉心疼宝玉，眼睛哭得像桃儿一般。这一回以后，林黛玉就说自己的眼泪好像没有过去多了。那其实意味着她那一次哭还了很多债。那么林黛玉的死，应该是最后一次眼泪还债，那必然是为了贾宝玉的利益而哭。而续书的写法就不是报恩了，撕手帕，烧诗稿，一腔的怨恨。后来王熙凤就说林黛玉死的时候恨宝玉呢。这就不是眼泪还债的报恩，相反变成以怨报德了。不是还债，而是讨债了。

第二，是续书这种写法，把林黛玉的气质心灵和道德水平都大大降低了。前八十回的林黛玉不仅有极高的文学天赋，对周围环境和人际关系也十分机敏，她在贾府，闻一知十，有一点动静，她就感觉到了，猜到了，绝不亚于薛宝钗，这在前八十回有许多细节描写。比如林黛玉初次进贾府，她去拜见二舅妈王夫人，王夫人讲客气，让林黛玉往上面坐，而林黛玉立刻观察到上面应该是贾政的座位，就不肯往那儿坐，而是挨着王夫人坐下。一会儿到贾母那儿吃饭了，吃完饭丫头送上茶水，林黛玉先观察了一下别人是用茶水漱口的，就也照着漱口，第二次送来的茶水才喝。宝玉挨打后，黛玉站在潇湘馆门口，观察怡红院的动静，看着一拨一拨人去看宝玉，有黛玉心理活动的细致描写，真是眼观六路耳听八方。

灵透的气质是和高尚的心灵融为一体的，林黛玉虽然有时候闹小性儿，但在本质上是很高尚的、胸怀宽阔的，对贾宝玉是理解的。特别是第三十二回"诉肺腑心迷活宝玉"以后，黛玉和宝玉就彼此完全知心知意了，那一回宝玉感情痴迷到极点，对黛玉说了掏心掏肺的话，小说描写林黛玉听了贾宝玉的话后是"轰雷掣电，竟比自己肺腑中掏出来的还觉恳切，竟有万句言语，满心要说，只是半个字也不能吐"。

这一回是贾宝玉和林黛玉关系的一个转折点，从此以后，再也没有黛玉对宝玉闹小性儿进行感情试探的情节了，只有你理解我我理解你尽在不言中的互相体贴了。续书写林黛玉又误会贾宝玉负心，明显违背前面的情势铺垫。林黛玉在续书中变得俗气了，狭隘了，自私了，不再是一心关注贾宝玉的利益，而是只想着自己了；也变得低能了，不再有眼观六路耳听八方的聪明智慧了。总之，续书写黛玉智商、情商都大不如前了，完全不是前八十回的林黛玉了。

（二）后二十八回佚稿林黛玉结局梗概

在曹雪芹写的后二十八回佚稿里，林黛玉的命运会怎样演变呢？一个重要的"草蛇灰线"故事，是第五十七回的"慧紫鹃情辞试忙玉"。黛玉的丫鬟紫鹃特别关心黛玉，故意对贾宝玉说林黛玉要回苏州了，试探宝玉对黛玉的感情。谁知道宝玉一听，立刻就犯了精神病，请来太医，诊断是急痛迷心。这件事情中有许多细节描写意味深长。一个是宝玉的奶奶也是黛玉的姥姥贾母，知道了事情的原委后，流泪了，说我当是什么大事，原来是这句玩话。这个情节意味着贾宝玉对林黛玉感情之深已经全家都认识到了，特别是贾母，她为了这件事而流泪，那内涵很复杂。如果说此前贾母对是不是把林黛玉配贾宝玉还有所迟疑犹豫，那么从这件事发生以后，贾母的主意就定了，她太为自己的孙子对外孙女的感情深挚而感动了，这就是她说"我当是什么大事，原来是这句玩话"的真实含义。所以，从这时候开始，贾母就决定了，要促成自己的两个"心肝儿肉"结合为一体了，要把黛玉配给宝玉了。

而宝玉的姨妈薛宝钗的母亲薛姨妈也说，宝玉本来心实，可巧林姑娘又是从小儿来的，他姊妹两个一处长了这么大，比别的姊妹更不同。这会子热刺刺的说一个去，别说他是个实心的傻孩子，便是冷心肠的大人也要伤心。这说明薛姨妈也看清楚了，宝玉对黛玉的感情太真也太深了。

还有一个情节是林黛玉听说贾宝玉因为紫鹃的玩笑话犯了病，立刻把刚吃下去的药全吐了出来，"抖肠搜肺、炽胃扇肝"地痛哭失声，咳嗽喘气，连头也抬不起来了。这都深刻地暗示了林黛玉对贾宝玉的关心和爱护是非常强烈的，关心宝玉的安危胜过关心自己，也就是说黛玉对宝玉的爱是利他的，不是利己的，后面又写林黛玉不断打听宝玉病中的情况，"多哭了几场"。这都是"眼泪还债"——为了担心宝玉哭，不是为自己的利益哭。

紧接着的情节，就是黛玉认了薛姨妈做干妈，而薛姨妈开玩笑说要找贾母提亲，把黛玉配给宝玉。这是暗示薛姨妈也看清形势了，不仅看清楚了宝玉对黛玉的感情，也明白了贾母的真实意思，就是要把黛玉配宝玉，薛姨妈落得做顺水人情了。薛姨妈的这个玩笑没有安排在紫鹃试探宝玉而宝玉反应强烈这件事发生之前，而就在这件事刚发生不久，是很有艺术匠心的。有人说那薛姨妈怎么不去说啊？那就把微妙的艺术简单化了，文章哪儿能那样写啊？再往后，又有贾琏和王熙凤的仆人兴儿说贾宝玉的媳妇老太太贾母早定了，是林黛玉，只是宝玉和黛玉年龄还小，贾母还没正式说。

这一大串一个接着一个的情节，其实都在暗示后二十八回贾宝玉和林黛玉爱情婚姻的后续发展。那么最后的结果是不是贾母把林黛玉许配给了贾宝玉呢？还是这个紫鹃试探宝玉的故事里，也有暗示性伏笔。就是这件事情以后紫鹃对林黛玉说，宝玉的心真实在啊，可是姑娘要留意啊，趁着老太太还硬朗的时候，要把大事定下来啊，老健春寒秋后热，有老太太在一日，好一日，如果没了老太太，像姑娘这样的人，就没倚靠了，只能凭人欺负了。这就是伏线，到了后二十八回，贾母突然死了，没人给林黛玉做主了。

另外一个伏线，就是宝玉因为紫鹃说黛玉要回苏州而发病后，还有一段描写：幸喜众人都知道宝玉原有些呆气，自幼是他二人亲密，如今紫鹃之戏语亦是常情，宝玉之病亦非罕事，因不疑到别事去。这段话皮里阳秋反弹琵琶，其实是暗示贾家上下已经对宝黛异乎寻常的关系相当关注了，暗地里已经有流言蜚语了。前面讲过，因为贾宝玉是家产的继承人，许多势力想打倒宝玉而争夺家产。而攻击贾宝玉，最容易抓辫子的就是他和林黛玉的关系。

再如第四十五回，宝钗关心黛玉，建议她吃燕窝粥，黛玉就说，你不看看府里的形势，因为老太太多疼了宝玉、凤姐，那些人还背地里言三语四的，何况我又不是正经主子，是无依无靠投奔来的，早就多嫌着我了。对黛玉的这番话，宝钗并没有反驳说你多心了，而是开玩笑说将来也不过费一副嫁妆，现在也愁不到这里，并主动承担起给黛玉送燕窝的事情。这其实是说，薛宝钗也默认贾府里涌动着针对贾宝玉、王熙凤和林黛玉的恶势力。后来林黛玉认薛姨妈做干妈，薛姨妈也说，贾府里说好话的人少、说歹话的人多。

还有一个非常明显的伏笔，就是抄检大观园的时候，邢夫人的陪房王善保家的在黛玉的丫头紫鹃的箱子里抄出了贾宝玉平日用过的一些物品，王善保家的就"得了意"，质问"这些东西从哪里来的"。是在王熙凤的保护下，王善保家的才"只得罢了"。

总结一下佚稿中林黛玉结局梗概，是这样的：八十回以后，贾家内部为了财产的继承权和管理权，各派力量的斗争日趋激烈，而贾宝玉和林黛玉的关系也成了这种斗争的一个焦点。为了争夺财产，赵姨娘、贾环、邢夫人等污蔑宝玉和黛玉有"不才之事"，用今天的话就是绯闻。贾母活着的时候，对宝玉和黛玉的污蔑还是在暗中流传，后来贾母生病死了，林黛玉失去了靠山和保护，各种流言蜚语就公开化了。王夫人本来就不喜欢林黛玉，这时候更觉得林黛玉是贾宝玉的祸根，贾母死了，王夫人的话语权上升了，她就不让贾宝玉再去看林黛玉，宝玉和黛玉被隔离了。王夫人又进宫去见贾元春，请元春下旨意让贾宝玉娶薛宝钗。另外一方面，由于朝廷政治斗争的演变，贾宝玉一度离开了贾府，而且传来处境危险的消息，林黛玉既受到了贾府各种恶势力的污蔑诽谤，孤立无援，又日夜为远离在外而传闻不断的贾宝玉担忧伤心，日夜痛哭，最后泪尽而死。这就是脂砚斋批语说的"证前缘"。后来贾宝玉去潇湘馆凭吊，林黛玉已经死了半年了，他只见"落叶萧萧，寒烟漠漠"（脂砚斋批语）。这就是林黛玉"眼泪还债"而死结局的粗线条轮廓。

概括一下林黛玉在佚稿和续书中的两种结局：

后二十八回佚稿：

贾母死去失掉靠山；流言蜚语遭受污蔑；担心宝玉还泪而逝。

后四十回续书：

风声鹤唳绝食求死；偷听私语起死回生；调包计泄含恨而亡。

曹雪芹笔下林黛玉的结局，是因为爱而献身；续书中林黛玉的结局，是因为恨而灭亡。这才是探佚要真正关注的问题，因为它涉及小说的精神境界、价值导向。至于是秋天死还是春天死，是肺结核病死还是投水而死，读者和研究者可以仁者见仁、智者见智，不一定非要得出一个唯一的结论。

对这些具体的情节探讨，我在《红楼探佚红》（作家出版社2007年出版）、《红楼疑案》（中华书局2008年出版）、《红楼梦探佚》（北京师范大学出版社2010年出版）等著作中都有介绍论证，有兴趣的可以参阅。

三、薛宝钗结局之谜

（一）后四十回续书薛宝钗结局分析

后四十回续书中薛宝钗的结局故事，可作如下概括：

> 鸠占鹊巢委屈出嫁；费尽心机调整夫君；宝玉
> 成仙抚孤守寡。

首先是"鸠占鹊巢委屈出嫁"：所谓"鸠占鹊巢"，来自于《诗经》的典故，是过去评论"宝黛钗爱情婚姻悲剧"文章中的一个习惯性说法，意思是薛宝钗违反贾宝玉本人的意愿，霸占了"宝二奶奶"这个本来应该是属于林黛玉的位置。那么为什么要用"委屈"两个字呢？因为仔细阅读后四十回写薛宝钗嫁给贾宝玉的情节，其实并不是让人羡慕的排场喜庆，而是很委屈甚至很窝囊的一场婚礼。首先，薛宝钗要嫁贾宝玉的时候，贾家、薛家，甚至王夫人和薛姨妈的娘家王家，都发生了很大的问题，都在走下坡路。贾家这边，一方面，贵妃娘娘贾元春突然"三高"加重，病死了，家族的大靠山倒了；另一方面，贾宝玉的通灵玉丢了，宝玉精神失常了，荣国府乱糟糟的，还出现了海棠花不按时令正常开放的"花妖"等不祥预兆。回目叫"宴海棠贾母赏花妖，失宝玉通灵知奇祸""因讹成实元妃薨逝，以假混真宝玉疯癫"。王家的顶梁柱，也就是王夫人和薛姨妈姐妹俩的哥哥王子腾，也突然病死了。至于薛姨妈家呢，情况更糟糕，娶的儿媳妇夏金桂是个搅家精，儿子薛蟠又打死了人，被官府抓了起来，而且贾家薛家的势力关系都不灵了，薛蟠面临死刑的判决。

其次，因为贾母要急着给疯傻的宝玉娶媳妇冲喜，顾不上贵妃刚死宝玉要守九个月孝的规定，还有薛蟠在监狱里宝钗不便出嫁的忌讳，就决定简单从事，不按常规那样隆重地操办婚事，而是要很草率地把薛宝钗用轿子抬过来匆忙成婚。王夫人和王熙凤对薛姨妈说了这个意思，甚至说嫁妆也不用办了。小说中写薛姨妈虽然恐怕宝钗感到委屈，但还要求着贾府帮助打官司营救薛蟠，没法儿，就答应了。回去告诉了宝钗，宝钗的反应是低头不语，后来就自己垂泪，薛姨妈用好言好语劝慰她。但看着宝钗心里好像不愿意似的，薛姨妈的心理活动是：她是女儿家，素来也是孝顺守礼的人，知道我答应了，她也没的说。

仔细想一想这个情景，薛家那样一个和贾府并列的四大家族之一的富贵豪门，居然任何嫁妆都不办，像卖闺女一样把薛宝钗嫁给疯疯傻傻的贾宝玉，而且任何一家亲戚朋友也没有被通知邀请参加婚礼，就是贾家小乐队吹打，十二对宫灯排着，一乘轿子就把薛宝钗抬过来了。更离谱的是，新郎贾宝玉，还被"调包计"糊弄着，对他说要娶林黛玉，等到拜堂后揭下了新娘的盖头，宝玉才知道是薛宝钗，于是口口声声说要找林妹妹去。我们假设自己是薛宝钗，设身处地想一下，这是多么尴尬难堪的情景啊！简直就是人格侮辱嘛。小说中只轻描淡写："幸亏宝钗是个新媳妇，宝玉是个疯傻的，宝钗也明知其事，心里只怨母亲办得糊涂，事已至此，不肯多言。薛姨妈看见宝玉这般光景，心里懊悔，只得草草完事。"

其实，这样草率的婚礼，薛宝钗受到这么大的委屈，对于像贾府和薛家这样讲究排场体面的国公府和皇商家庭，是根本不可能发生的，续书的写法就是乱编故事，缺乏生活的真实性。过去的红学评论，却说这种写法是表现薛宝钗"一心想登上宝二奶奶的宝座"而"鸠占鹊巢"，实在是牛头不对马嘴。哪里是什么"宝二奶奶的宝座"，就是给一个疯傻男孩当牺牲品嘛。

接着是"费尽心机调整夫君"。我用了"调整"两个字，大家不要笑。因为的确是写薛宝钗想尽了各种办法，对丈夫贾宝玉的精神心理状态和生活状态一步步做"调整"。首先，她不顾王夫人等的担心，把林黛玉已经死去这个瞒着宝玉的坏消息直通通地告诉了宝玉，让宝玉去潇湘馆大哭了一场，这是一种釜底抽薪的办法，既让贾宝玉的伤痛郁闷心理得到了宣泄，又让贾宝玉断绝了其他想法，正视自己已经和宝钗结合成为夫妻的现实（第九十八回）。随后，宝钗根据宝玉思想精神的变化，不断"抓活思想"而改变策略，力求把宝玉的精神状态调整过来。宝玉想做梦见一见林黛玉却梦不到，薛宝钗就和宝玉的妾花袭人说林妹妹已经成仙了，不再搭理凡夫俗子了，其实是说给宝玉听，让他从思念林黛玉的思想情绪中解脱出来。贾宝玉看见丫头柳五儿而想起了死去的丫头晴雯，把五儿当作晴雯的替身而调情，薛宝钗就故意问五儿，你听见你二爷睡梦中和人说话了吗？让宝玉和五儿都感到羞愧，从而断绝了暧昧的关系，同时宝玉因为愧疚，还和宝钗同房，让她怀了孕（第一百零九回"候芳魂五儿承错爱"）。

再往后，贾宝玉梦中再一次去了太虚幻境，又和送回通灵玉的和尚谈了话，看破红尘了，觉悟了，谈禅说道，显示出要出家的架势，见堂妹贾惜春闹着要当尼姑，宝玉不劝阻反而称赞，宝钗真急了，"心比刀绞更甚，放声大哭起来"（第一百一十八回）。后来宝玉又把佛教和道教的书都收起来，一心一意准备参加科举考试，宝钗一方面故意说佛道的书也不必一概杜绝来试探宝玉，另一方面又听信袭人的话，害怕宝玉重新和丫头们纠缠，不再让原来和宝玉亲密的丫头服侍，只让自己原来的丫头莺儿带领小丫头服侍宝玉。但又感觉宝玉的突然改变有点怪，听见宝玉微微吟出"内典语中无佛性，金丹法外有仙舟"这种参禅悟道的句子，又不禁满怀狐疑地继续观察宝玉（第一百一十八回）。

贾宝玉积极准备功课要去参加科举考试，其实是打算完成了光宗耀祖的家庭义务后，就一走了之超凡脱俗的，所以宝玉出门前那一段对宝钗的描写，是很可怜的，对悲剧气氛的渲染其实比前面描写黛玉之死更能打动人。宝玉和母亲王夫人告别，和寡嫂李纨告别，"宝钗听得早已呆了，这些话不但宝玉，便是王夫人李纨所说，句句都是不祥之兆，却又不敢认真，只得忍泪无言"。最后宝玉给宝钗作揖，仰面大笑说："走了，走了！不用胡闹了，完了事了！"出门走了，宝钗感到不祥，泪流满面，但又无可奈何（第一百一九回）。

下面当然就接上最后的结局，贾政写来书信，说亲自见到了宝玉跟随和尚道士成仙作祖去了，不可能再回家了，宝钗哭得人事不知。婆婆王夫人说早知这样，就不该娶亲害了人家姑娘。母亲薛姨妈则说这是命中注定的，幸喜已经怀胎了，将来生个外孙子考试做官吧，并拿宝玉的寡嫂李纨做比方，她青春守寡，现在她的儿子不是考上了举人吗？这就交代了宝钗的未来了，她将和李纨一样，守一辈子寡，把宝玉的遗腹子抚养长大，靠儿子考取功名，将来为母亲挣来珠冠凤袄的封诰。

后四十回续书对薛宝钗的这些描写，绝对不符合曹雪芹的原意。除了前面已经谈过的，"调包计"那种让薛宝钗那么委屈地嫁到贾家的情况，根本不可能发生在贾府、薛家那种类型的家庭里。另一方面，对薛宝钗的描写，也完全违背了前八十回已经完成的宝钗的性格和思想逻辑。

前八十回的薛宝钗，那是"山中高士晶莹雪"，是不仅容貌美丽而且知识丰富又有很高文学艺术修养的女学者、女诗人，她能头头是道地讲禅宗的故事，她谈论起绘画来像是从国画学院毕业的研究生，在海棠诗社中作的诗被评为冠军，把林黛玉都比了下去："珍重芳姿昼掩门，自携手瓮灌苔盆。胭脂洗出秋阶影，冰雪招来露砌魂。"一个有点矜持又趣味高雅的女诗人，静静地拿着喷壶浇灌海棠花，因为是白海棠，所以说洗净了胭脂红色，灵魂像冰和雪一样纯洁。"冰雪"当然又双关"薛"字，歌咏海棠花，其实是展现出薛宝钗自己从容淡定优雅高贵的人格形象。她写的螃蟹诗又是冠军，洋溢着满满的哲理，连贾宝玉也称赞是"咏蟹的绝唱"。最后一次诗社作柳絮词，宝钗再次夺冠："白玉堂前春解舞，东风卷得均匀。……好风凭借力，送我上青云。"薛宝钗的"会做人"也到了炉火纯青的境界，前八十回有许多描写。

　　薛宝钗心里面也喜欢贾宝玉，但表现得非常含蓄理性，同时她又对宝玉的逆反思想倾向极不赞同，常做讽喻规劝而惹得宝玉不高兴。至于她和林黛玉的关系，要特别注意第四十二回"蘅芜君兰言解疑癖"，那是宝钗和黛玉关系的转折点。蘅芜君是薛宝钗的雅号，因为她住在大观园里的蘅芜苑。"兰言解疑癖"是这一回的主要内容，写薛宝钗抓住林黛玉说酒令时说到爱情戏曲的词句，对林黛玉做了一番思想教育工作，态度诚恳，与人为善，让有点"小性儿"容易多心（就是所谓"疑癖"）的林黛玉非常感动，从此把宝钗当成了知心朋友。从这一回以后，钗黛之间争风吃醋的小矛盾就再也没有了，而成了"金兰契互剖金兰语"（第四十五回回目）。金兰之交就是铁哥们铁姐们："二人同心，其利断金；同心之言，其臭如兰。"这是《周易》中的格言，说两个人同心同德，就有战无不胜的力量，境界像兰花的香气那样美好。再往后，林黛玉又认薛姨妈做干妈，黛玉和宝钗就成了亲姐妹了。这个情节前面讲林黛玉时说过。可以看得很清楚，第四十二回以后，小说不断在加强黛玉和薛家的亲密关系，显然是在为八十回以后做情节铺垫。而这种铺垫和后四十回续书写的"钗黛争婚""黛死钗嫁"的情节走向完全背道而驰。

　　所以，续书所写的薛宝钗，和写林黛玉一样，把她庸俗化了、小市民化了，不再具有前八十回中薛宝钗的高雅高超高贵气质，她的思想精神境界同样被矮化了。她本来是"罕言寡语，人谓藏愚；随分从时，自云守拙"（第八回），就是为人低调，处世八面玲珑，人生态度从容淡定。续书中却写她既不顾林黛玉的死活，又不考虑疯傻了的贾宝玉是否可以托付终身，而同意出嫁，背离了宝钗稳健而智慧的性格定位，特别是无视第四十二回钗黛关系的转折点，即越往后越重笔渲染的薛宝钗和林黛玉的"金兰契"，林黛玉和薛家越来越走得近而非越来越疏远对立这种发展趋势。薛宝钗嫁给贾宝玉以后的那些"调整"贾宝玉的描写，那么赤裸裸地工于心计，也和她原来那种藏而不露大巧若拙的格调不相符合。

（二）后二十八回佚稿薛宝钗结局梗概

那么，曹雪芹写的八十回以后的薛宝钗故事，是怎样的呢？首先，薛宝钗也嫁给了贾宝玉，但那具体情况和后四十回续书写的完全不是一回事。先不说精神境界，从情节上看，就有两点根本不同，一是林黛玉死在前，薛宝钗出嫁在后，并不是续书写的那种黛死钗嫁恰好在同一个时辰的"戏剧性"。正像讲林黛玉结局之谜时说过的，黛玉是在受到贾府中恶势力的流言诽谤和对离开贾府的贾宝玉的担忧思念中死去的，很可能，林黛玉临死前甚至嘱咐薛宝钗，让宝钗嫁给贾宝玉，因为在当时那种家族内部敌对势力为争夺财产而攻击贾宝玉的情况下，宝钗嫁给宝玉，对宝玉是最有利的，而林黛玉知道自己已经不久于人世，她又总是从为贾宝玉好这种角度考虑问题的。这可能也是太虚幻境里的命运"册子"上面宝钗和黛玉共一幅册页的一个艺术用意。

　　第二个重要的不同情节，就是贾元春在宝玉婚姻中的作用。续书写的"调包计"是简单的包办婚姻，所以先写贾元春之死，然后再写宝玉娶宝钗，二者没有关系。但曹雪芹写宝玉的婚姻故事，不是简单的包办婚姻造成的悲剧，而和家族内部争夺财产的斗争以及朝廷两派的政治斗争交织在一起。根据前八十回的伏线，贾宝玉娶宝钗，是贾元春下旨赐婚的，因为面对反对派对宝玉的污蔑攻击，王夫人要借助元春的地位和力量进行反击，保护贾宝玉。这些前面已经讲过。现在进一步明确，前八十回有贾元春端阳节赏赐礼物的伏笔，暗示元春赐婚，那么在后二十八回里，贾宝玉和薛宝钗结婚的日期就是端阳节。所以，曹雪芹所写宝钗结局的第一个内容，可以概括为：端阳节奉旨完婚。

在薛宝钗奉贾元春的旨意嫁给贾宝玉后，接下来就发生了家族覆灭的大灾难：贾元春的死去，贾探春的远嫁，贾府被抄家，一切都与朝廷中忠顺王和北静王两派政治势力的恶斗有关。薛宝钗与贾宝玉一起经历了一系列重大的灾祸降临，应该说是一对患难夫妻。抄家后薛宝钗和贾宝玉没地方住了，连饭也吃不上。这些情节是脂砚斋批语透露的。花袭人在宝玉结婚前就离开了，嫁给了蒋玉菡。所以批语说"花袭人有始有终"，和蒋玉菡"供奉玉兄宝卿"。贾宝玉薛宝钗夫妇已经贫无立锥之地，衣食无着，而只能住到蒋玉菡花袭人夫妇家里，靠他们养活。

那么，接下来是什么情节呢？是贾宝玉抛弃薛宝钗而出家当了和尚。这种情节发展，前八十回的伏笔伏线很多，比如有一次宝玉卷进了与宝钗和黛玉的感情纠纷中，受到误解，感到苦恼，后来从参禅中得到解脱，因而写出"回头试想真无趣"的偈子，暗示将来要出家当和尚。再比如写宝钗过生日点戏，却点鲁智深醉闹五台山和《西游记》唐僧取经等和尚戏，也是暗示贾宝玉将来要抛弃她而出家为僧，等等。而脂砚斋的批语也说得非常明确，说贾宝玉"有情极之毒"——因为感情太真诚太专一太强烈反而容易走极端而看破红尘，"弃宝钗麝月"而"悬崖撒手"——就是像走到悬崖峭壁边上没路走了，而回头是岸出家当和尚。

一同经历了抄家等严重灾难而相濡以沫的患难夫妻，又怎么会最终分手呢？这就涉及曹雪芹所写的宝玉和宝钗关系中一个非常重要的内容，两个人的价值观严重冲突。宝玉和宝钗在人生价值观方面发生矛盾，前八十回是经常写到的。特别有两处值得注意：第三十六回贾宝玉挨打的事情告了一个段落，写宝玉挨打后的思想更加逆反了，更加"情不情"了。小说有一段关键性描写：或如宝钗辈有时见机导劝，宝玉反生起气来，说好好的一个清净洁白的女儿，也学得沽名钓誉，入了国贼禄鬼之流。独有林黛玉自幼儿不曾劝他去立身扬名等话，所以深敬黛玉。众人见他如此疯癫，也都不向他说正经话了。这里说的"正经话"，就是符合当时社会主流价值观念的意识形态导向，当然是积极入世读书做官立身扬名修身齐家治国平天下那一套。而贾宝玉讨厌这些，要坚持自己独特的价值观，就是诗人哲学家类型的"情不情"。薛宝钗却是坚持主流价值观的，这就构成了宝玉和宝钗的思想冲突。

还有一处很重要的伏笔，就是第二十一回，贾宝玉和花袭人发生观念碰撞，袭人虽然是个丫头，却像薛宝钗一样，是信守主流价值观的。所以清代人早就说过"袭为钗副"，说写袭人，经常影射宝钗。前面介绍"草蛇灰线"时提到过，第二十二回前面有一段重要的脂砚斋的批语，其中就涉及八十回以后薛宝钗和贾宝玉婚后关系的故事。这条批语说，第二十一回写"贤袭人娇嗔箴宝玉"——袭人假装生气而企图让宝玉改掉逆反的思想行为，到了八十回以后，有一个前后互相呼应对照的回目，叫"薛宝钗借词含讽谏"，所谓前面写仆人——指花袭人，后面写主人——指薛宝钗，那时候的宝玉已经逆反得更厉害了，"已不可箴"——完全不接受任何劝谏了。脂批因此感叹："箴与谏无异也，而袭人安在哉？宁不悲乎？文是一样情理，景况光阴事却天壤矣。"这说得很清楚，贾宝玉已经是浪子不回头，道不同，不相为谋，和薛宝钗已经没有共同语言，夫妻关系无法继续维持下去了。

探佚研究认为，薛宝钗在端阳节嫁给宝玉，而在重阳节贾宝玉抛弃宝钗离家出走去当和尚。所以薛宝钗的诗句中经常提到"重阳"两个字。"慰语重阳会有期"（菊花诗《忆菊》）、"粘屏聊以慰重阳"（菊花诗《画菊》）、"长安涎口盼重阳"（螃蟹咏），都是"诗谶"的"草蛇灰线"。重阳节对薛宝钗来说，是一个永远难以忘怀的伤痛日子。端阳节和重阳节并提，元杂剧白朴的《墙头马上》中有前例，裴少俊和李千金私自结合生了一儿一女，就分别叫端阳（昵称端端）和重阳。

与贾宝玉分手以后，薛宝钗是什么情况呢？应该是和麝月在一起。麝月是贾宝玉的四大丫头之一，也是最后留在贾宝玉身边的一个丫头。脂砚斋的批语说，在后二十八回里，麝月取代了花袭人的位置，因为花袭人被迫离开了贾宝玉，临走时还嘱咐宝玉："好歹留着麝月。"而贾宝玉出家时是"弃宝钗麝月"。"麝月"这两个字也是镜子的典故，所以麝月这个人就象征风月宝鉴，她留在宝玉身边，映照着贾宝玉经历的悲欢离合荣辱盛衰。贾宝玉抛弃宝钗和麝月出家了，留下宝钗和麝月在一起，都象征反照风月宝鉴。

　　后四十回续书写贾宝玉让薛宝钗怀了孕，留下了遗腹子。那么曹雪芹写的后二十八回里，贾宝玉和薛宝钗是不是也生了孩子呢？应该说没有，因为探佚研究认为贾宝玉和薛宝钗是无性婚姻。这一点是周汝昌先生提出来的，他说婚后贾宝玉对薛宝钗始终只有敬重，而没有性爱，薛宝钗虽然和贾宝玉举行了婚礼，但没有发生过肌肤之亲，他们还是像姨姊弟一样的关系，宝钗始终是个处女。为什么这样说呢？因为前八十回有伏笔。宝钗的灯谜中明确说"琴边衾里总无缘"——没有同床共枕，这是第二十二回"制灯谜贾政悲谶语"中的句子，明确说是"谶语"——影射未来结局的。有一次贾宝玉看到薛宝钗的白臂膀，偶然心动羡慕，但接着的心理活动是，这臂膀如果是林黛玉的，还可以摸一摸，可惜生在宝钗身上，今生无分了（第二十八回）。这也是无性婚姻的伏笔。还有一次贾宝玉睡着了，薛宝钗无意中坐在贾宝玉旁边绣花，贾宝玉醒来后知道了，说"我怎么睡着了，亵渎了她"，也是影射贾宝玉对薛宝钗始终只是敬爱，而没有情爱，更没有性爱（第三十六回）。第五回《终身误》曲子里说："空对着山中高士晶莹雪，终不忘世外仙姝寂寞林。……纵然是齐眉举案，到底意难平。"贾宝玉心中始终忘不了死去的林黛玉，因而对薛宝钗燃不起爱火，虽然举行了婚礼，却始终是"空对着"。此外前八十回总是写薛宝钗不爱花儿粉儿等梳妆打扮，她住的蘅芜苑全是绿色的草，一株艳丽的花木也没有，而房间里面也是"雪洞一般"，不摆放任何古董陈设，非常素净，她又吃冷香丸，而那是四个季节的四种白色花蕊制作成的。这些情节都有影射薛宝钗最后是无性婚姻的含义。

曹雪芹在后二十八回里怎样写薛宝钗的结局，大体上就是有这样一些探讨。我始终强调，探佚不是文学再创作，不能说太细节的东西，更关注的是精神境界。在曹雪芹笔下，薛宝钗也是"薄命司"的一员，是一个有貌有才却没有好命运的可怜的女儿，曹雪芹对她同样是献上了"一把辛酸泪"，一曲充满赞叹又哀怜之情的挽歌。

对曹雪芹笔下的薛宝钗，所写出的性格内涵，我们引用一段已经去世多年的著名文艺评论家聂绀弩先生的一段话：薛宝钗岂止不是坏人，而且是一个十全十美的人。美；有文才，博学多识；不爱搽脂抹粉，穿红着绿；豁达大度，别人说她什么也不计较；善于体会尊长意旨，贾母叫点戏，就点贾母爱看的戏，在王夫人面前，说金钏儿不一定是自尽而是失足落井，以宽解王夫人的心；把自己的衣服给金钏儿作殓衣，也不忌讳；善于避祸，如对红玉之事；也善于避嫌，看见宝玉进潇湘馆了，自己就不进去；慷慨而能有助于人，送燕窝给黛玉，替湘云作针线，替岫烟赎衣物；随和，看见人家针线好，就帮着绣几针，看见蚊子叮宝玉也赶赶；有时也玩玩，如扑蝶；幽娴贞静，对婚姻听天由命，反正会有个有玉的人来，用不着性急……如此等等，一下子说不完，真是个十全十美的人。曹雪芹这样写宝钗，并不等于说把她写成和宝玉或黛玉一样的人，仍然是写成宝玉和黛玉的对立面，是个封建人物，是代表封建家庭直接与宝玉和黛玉这对爱侣发生摩擦的人物，是个封建社会的完美无缺的少女的典型。宝钗是个封建制度的化身，另一方面，她自己也是个好女孩子（聂绀弩《略谈〈红楼梦〉的几个人物》）。

最后仍然把曹雪芹佚稿和后四十回续书里两种不同的薛宝钗结局，作一个概括性对照：

后二十八回佚稿：

> 端阳节奉妃旨金玉联姻；经风雨妻与夫共度劫
> 难；重阳节宝玉去孤独余生。

后四十回续书：

> 鸠占鹊巢委屈出嫁；费尽心机调整夫君；宝玉
> 成仙抚孤守寡。

四、贾元春结局之谜

（一）从贾元春看清朝选秀女

贾元春和贾宝玉同父同母，是贾政和王夫人生的，很小的时候就被选送到宫中做女史去了。女史就是去皇宫或王府服侍皇帝、太子、王子，如被皇帝看中，或者跟了太子，而太子继位当了皇帝，地位就会上升，成为嫔妃。即使只是跟了王子，也能成为王妃（福晋），娘家就算皇亲国戚。在清朝，旗人的女儿到了一定年龄，都要送去应选，叫选秀女，看过清史讲座的都知道。比如薛宝钗一出场，就是准备去应选的。被选中的秀女，如被皇帝临幸，可能被封为各种等级，有常在、答应、贵人、嫔、妃、贵妃、皇贵妃，当然皇后是最高的也是唯一的，现在清宫戏很多，大家也都耳熟能详了。

薛宝钗应选的事情后来不提了，应该是没有被选上。而贾元春，第二回"冷子兴演说荣国府"的时候，就介绍"因贤孝才德，选入宫中作女史去了"。

后面"贾元春才选凤藻宫"，元春的地位就上升了，按小说中描写，是"咱家大小姐晋封凤藻宫尚书，加封贤德妃"。下来就是"贾元春归省庆元宵"，贾府建大观园，元春回家省亲。这是贾府荣华富贵的顶峰，所谓"烈火烹油，鲜花着锦之盛"。元春省亲这种描写，到底是纯粹的艺术虚构，还是以变形的手法影射康熙皇帝南巡而曹家接驾的历史真实，或者取材于雍正、乾隆时期曾有让老太妃回王府省亲居住的素材，有多种说法，读小说，也不用追究太深。

要注意的是，贾元春封妃的前夕，就有秦可卿死前给王熙凤托梦的警示，说这也不过是"瞬息的繁华，一时的欢乐"，很快就要"盛筵必散"，又是"月满则亏，水满则溢""登高必跌重""树倒猢狲散""乐极悲生"。贾元春的结局是不幸的、悲惨的，这是命中注定的，她本来就属于太虚幻境的"薄命司"。

但贾元春如何"薄命"，具体情节是什么样的？又有后四十回续书和曹雪芹原著后二十八回佚稿两种不同的写法，从而构成了贾元春结局之谜。

（二）后四十回续书贾元春结局

后四十回续书写到贾元春之死，回目叫"因讹成实元妃薨逝"，具体描写是元春"圣眷隆重，身体发福，未免举动费力，每日起居劳乏，时发痰疾，因前日侍宴回宫，偶沾寒气，勾起旧病"，临死前见到进宫探视的祖母贾母和母亲王夫人，"见元妃痰塞口涎，不能言语，见了贾母，只有悲泣之状，却无眼泪"，很快就死了，活了四十三岁。通俗地说，就是贾元春由于受到皇上的格外宠爱，享受过度，身体发胖，患了高血脂高血糖高血压，患心血管疾病死了。

这种写法显然不符合前八十回的伏笔伏线。说贾元春死的时候已经四十三岁，年龄就不对。贾宝玉挨打的时候十三岁，这时候才过了两三年，不过十五六岁，李纨是大嫂，也才二十几岁，王夫人还不到五十岁，元春顶多也就比宝玉大六七岁，怎么可能是四十三岁的老女人呢？前八十回有各种各样的"草蛇灰线"，暗示贾元春之死与朝廷的政治斗争密切相关，怎么可能是简单的患病而死呢？

（三）从前八十回伏笔看佚稿怎样写贾元春结局

那么，曹雪芹后二十八回是怎样写贾元春之死的？这当然需要从前八十回的各种伏笔伏线中来推测和研究。首先，前八十回是把贾元春比作唐朝的杨贵妃的。

以前已经介绍过，贾元春归省时，有演戏的节目，她点了四出戏，脂砚斋在每出戏名后面都写了批语，并且说"所点之戏剧伏四事，乃通部书之大过节大关键"，也就是说这四出戏名是为暗示后面的四个重要小说情节而特意选择的，是戏谶。四出戏中的一出是"乞巧"，是清朝初年洪昇写的传奇《长生殿》中的一出，演唐明皇和杨贵妃的故事，而批语就是"伏元妃之死"。

用杨贵妃比喻贾元春，还有其他的伏笔。比如有一次贾宝玉说话不得体，说薛宝钗身体胖，怕热，怪不得他们拿姐姐比杨妃。薛宝钗勃然大怒，立刻反唇相讥："我倒像杨妃，只是没有个好哥哥好兄弟可以作得杨国忠的！"言外之意就是：你姐姐贾元春才是杨贵妃，你贾宝玉就是杨国忠。

杨贵妃是在马嵬之变中，由于军队怨恨杨国忠祸国殃民，哗变而杀了他，接着逼迫唐玄宗缢死杨贵妃。用杨贵妃比喻贾元春，伏笔的影射非常明白：贾元春之死是类似于安史之乱中杨贵妃之死的情况。虽然具体情节和细节可以有不同的写法，但贾元春是死于政治而非死于疾病这一点是明确的。

太虚幻境中预示王熙凤命运的"册子"上，画着"一座冰山，上面有一只雌凤"。这也是用杨贵妃指代贾元春的典故。历史上记载，当杨家得势时，就有明眼人对那些趋炎附势的人说：你们把杨家当作泰山来投靠，其实那是一座冰山，一旦太阳出来，就会融化倒塌。王熙凤是贾府的管家人，她管理贾府能威风八面，一个大靠山是有贵妃贾元春，正像当年杨家有杨贵妃一样，但杨贵妃是冰山，贾元春当然也是冰山。

前面也介绍过，第二十二回贾元春作了一首七言绝句的灯谜，派小太监送回贾府，众姐妹跟着都作了灯谜，而贾政看了很悲哀，觉得都是不祥之兆，所以回目叫"制灯谜贾政悲谶语"。贾元春始作俑的那一首是："能使妖魔胆尽摧，身如束帛气如雷。一声震得人方恐，回首相看已化灰。"谜底是爆竹，就是原始的鞭炮。前两句比喻元春封了贵妃而声名显赫，后面两句则是粉身碎骨的悲惨结局。

到了第五十四回，是全书一百零八回由兴盛转衰败的中间转折点，贾家又过元宵节，晚宴上大家说笑话，而最后一个笑话是王熙凤说的，就说过元宵节，几个人抬着房子大的炮仗往城外去放，有一个性急的人先偷着拿香点着了，只听噗哧一声，众人哄然一笑都散了，而放炮仗的人是个聋子，没听见，还抱怨卖炮仗的撅得不结实，没等放就散了。最后凤姐还打趣说："咱们也聋子放炮仗——散了罢。"显然，这也是影射贾元春一死，贾家也就家亡人散了。

那么贾元春之死的具体情况是怎么回事？前八十回有一些微妙的描写，也是"草蛇灰线，伏脉千里"。

我们在讲贾宝玉时已经说过，小说巧妙地暗示存在忠顺王和北静王两派政治势力争夺国家政权的较量，贾家史家王家薛家等四个家族属于北静王集团。北静王送给蒋玉菡一条红色的汗巾子，蒋玉菡又转送给贾宝玉，而忠顺王府的管家到贾府去寻找蒋玉菡的下落，就当面揭发出贾宝玉腰里的红色汗巾子，矛头暗暗指向了北静王，蒋玉菡的名字其实是"传国玉玺"的象征。作为皇帝的贵妃，贾元春也卷入了这种政治派系的斗争中去，最后北静王集团失败了，贾元春在政治斗争中也牺牲了。

第五回"红楼梦"曲子《恨无常》就是这种结局的预言：

> 喜荣华正好，恨无常又到。眼睁睁，把万事全抛，荡悠悠，芳魂消耗。望家乡，路远山遥。故向爹娘梦里相寻告：儿命已入黄泉，天伦呵，须要退步抽身早！

从全首曲子来看，贾元春死去在前，而贾府被抄家在后，所以才有贾元春临死前对父母"须要退步抽身早"的警告。而

"望家乡，路远山遥"，可见贾元春死的时候，似乎并不在宫殿里面，而是类似于杨贵妃"马嵬坡之变"那种情况，"恨无常"的措辞意境，明显借鉴《长恨歌》，就是唐朝诗人白居易写唐明皇和杨贵妃的那首长诗。当然，贾元春之死具体情节的写法，会有多种可能性，比如跟随皇帝出外巡视啊狩猎啊等等。但无论怎么写，那斗争是残酷的，贾元春的下场是悲惨的，所以脂砚斋在这支曲子后面批了四个字：悲险之至！

前八十回和贾元春有关系的情节，还有一个清虚观打醮的故事。说贾元春派太监给贾府送去一百二十两银子，叫在清虚观从五月初一到初三打三天平安醮，唱戏献供，跪香拜佛，所以回目叫"享福人福深还祷福"（第二十九回）。

打平安醮的故事中有一些耐人寻味的情节。介绍"草蛇灰线"时讲过，贾母让贾家的族长贾珍在神前拈戏名，以便演出娱神，却拈出《白蛇记》《满床笏》《南柯梦》三个戏曲名，非常鲜明地影射了贾家由兴盛到灭亡的命运三部曲，当然也双关贾元春的命运轨迹。

打平安醮中，最主要的情节是引出了两个金麒麟的纠缠，而史湘云和金麒麟是直接伏笔八十回以后抄家败落等情节的。打平安醮故事紧接着的前面一回，是蒋玉菡送给贾宝玉红色汗巾子的情节，我们知道那是暗含朝廷两派政治斗争的伏笔。所以，围绕着打平安醮的桥段，其实都在暗示这是在为八十回以后残酷的政治斗争作铺垫，贾元春是发起打平安醮的贵妃，她的命运，就是在残酷的政治斗争中沦落的。

和打平安醮遥相呼应的，是后面出来一个平安州。两个"平安"故意重复，其实都是不平安的反面春秋。平安州的情节，是写贾宝玉的伯父贾赦两次派儿子贾琏去平安州办一件"机密大事"，和地方上的节度使联络（第六十六回、第六十八回）。第一次在平安州遇上了化仇为友的薛蟠和柳湘莲，薛宝钗的哥哥薛蟠因为调戏柳湘莲而挨了柳湘莲的打，挨打后出去躲羞经商，走到平安州界，被强盗抢去了货物，却遇到在江湖上行走的柳湘莲，柳湘莲救了薛蟠并去向强盗要回了货物。第二次又写："贾琏起身去后，至平安州，偏节度巡边在外，约一个月方回。"这些发生在"平安州"的情节云笼雾罩，神神秘秘，正和前面的"打平安醮"隐隐遥相呼应，影射这些情节暗藏着朝廷政治斗争和江湖风云互相交织的幕后戏，而贾家是深深地卷入进去的。贾元春让贾府打平安醮这个情节，就这样与贾元春以及贾府未来的命运结局互相联系，而成为"伏脉千里"的"草蛇灰线"。

贾元春的结局，是作了朝廷两派势力争夺国家政权而进行残酷斗争的政治牺牲品。作为一个小说人物形象，应该说主要是一种艺术的虚构，但也吸取了一些历史生活原型的情况素材。那么历史生活原型和素材可能有哪些呢？

一是曹雪芹的姑妈，嫁给了平郡王纳尔苏，是王妃，而后来纳尔苏卷入了康熙的皇四子胤禛（就是后来的雍正）和他的弟弟皇十四子胤祯（雍正继位后改名允禵）争夺皇位的斗争，被"圈禁"在家死去，作为他的王妃，当然也是担惊受怕。另外就是那个立了废，废了又再立，最后还是被废掉的康熙帝的太子胤礽，他的生日是五月初三，小说里写元春让贾府五月初一到初三打平安醮，似乎有意关联胤礽的生日。

这样，我们就又注意到小说中写到了一个叫义忠亲王的人，就是秦可卿死了以后，她的公公贾珍想给她买一副超级好的棺材板，而薛蟠就推荐了原来准备给义忠亲王用的一副，因为义忠亲王"坏了事"——就是政治上犯罪了，倒台了，没资格再用那么高级的棺木了，于是薛蟠卖给了贾珍。"义忠亲王"这个号很怪，因为按照传统伦理，忠在前，义在后，应该是"忠义亲王"，从来没有个"义忠亲王"这种说法。显然，写"义忠亲王"的名号是有深意的，可能就是影射废太子胤礽。贾元春让贾府在胤礽的生日去打平安醮，就意味深长了。

和"义忠亲王"相对的，是"忠顺亲王"，前者是"义"冒在了"忠"前面，后者却是"忠"而且"顺"。而这个"忠顺亲王"，却是贾家的对立面，就是和北静王争夺蒋玉菡（象征传国玉玺）的那一位。

通过这些描写，我们有理由推测，这些情节，是影射历史上雍正和他的兄弟们争夺皇位的历史，"忠顺亲王"是历史上忠顺于雍正的那一派人的艺术化身，"义忠亲王"和北静郡王，则是历史上反对雍正那一派皇族势力的艺术化身。贾家，贾元春，是曹家的艺术化身，因为曹家和李煦家等，历史上都是雍正的对立面，被雍正治罪抄家。曹雪芹通过写贾元春的命运，就是在影射这些皇子争夺皇位的斗争，曲折地反映自己家族受到皇子夺位斗争连累而家破人亡的悲惨历史。同时传递这样一种信息："忠顺亲王"是愚忠于雍正的，而"义忠亲王"则要用"义"规范"忠"，讲道义而不愚忠，所以遭到打击而"坏了事"，也就是说，雍正虽然用宫廷阴谋夺得皇位，但仍然是不"义"的，因而不应该"忠顺"于他。

与此相关的情节，就是写贾元春封了妃子，她的父亲贾政进宫去向皇帝谢恩后，又写他去东宫。东宫是皇太子的宫殿，这个情节也很微妙，女儿被皇帝封了妃子，为什么还要去皇太子的宫殿里呢？贾元春能够回家省亲，则是起因于皇帝"日夜侍奉太上皇、皇太后"，因而想到应该让妃嫔们也回家看看父母，才符合"以孝治天下"的道理。清朝只有乾隆晚年当过太上皇，那已经是曹雪芹去世后很久的时候了，在曹雪芹写作《红楼梦》的时候，从顺治、康熙、雍正到乾隆，都是老皇帝死了，新皇帝继位，从来没有过太上皇，曹雪芹为什么要凭空杜撰一个太上皇呢？这应该是一种艺术变形手法，就是用唐朝安史之乱后唐肃宗尊唐玄宗为太上皇的历史典故，把康熙、雍正、乾隆三朝围绕着继承皇位的复杂情况都巧妙地融合进去。太上皇、皇帝和皇太子，所影射的人，可能既包括康熙、雍正，也包括胤礽、乾隆，"三朝秘史"就这样通过艺术的形式微妙地暗示出来。当然，我们不一定要死抠，把小说中的艺术形象和历史人物一一对号入座，因为小说是文学艺术作品，不是历史实录，会有许多艺术的变形、混融、夸张、虚构。

康熙的废太子胤礽，不仅是康熙朝与雍正等其他皇子争夺皇位的重要角色，而且到了乾隆初年，胤礽的儿子弘晳又和乾隆发生争夺皇位的斗争。周汝昌先生在《双悬日月照乾坤》中说："在清史上，乾隆四、五年之时，正有这样一件大事故发生……那一次，废太子胤礽之子弘晳，已经成立了内务府七司衙署等政治机构，实际上自己登了皇位——要与乾隆唱对台戏，并且曾乘乾隆出巡之际布置行刺。……这恰恰是'双悬日月照乾坤'的背景。"而据周先生研究，曹家在雍正年间被抄家后，到了乾隆初年，百足之虫，死而不僵，家道有所复兴，因为乾隆平反了雍正朝的一些案件，但很快，曹家又卷进了弘晳和乾隆的政治风波之中，再一次彻底败落。

这样一些围绕着继承皇位而斗争的皇家政治秘辛，在对贾元春的描写上有独特的艺术体现，那就是曹雪芹将在后二十八回中写到贾元春生皇子，从而卷入了有关皇位继承权的宫斗。这在第五回预示元春命运的"册子"中有所"逗漏"——这是个过去的说法，意思是引逗泄漏，微妙地透露消息。册子上的图画是"画着一张弓，弓上挂着香橼"。一般解释是"弓"谐音"宫"；香橼又叫枸橼，果实长圆形，黄色，"橼"可以谐音元春的"元"和冤枉的"冤"。那意思是，元春之死是一桩宫斗冤案。而这幅画配的七言绝句是："二十年来辨是非，榴花开处照宫闱。三春争及初春景，虎兕相逢大梦归。"

这里的"榴花开"是用一个典故，北齐时有一个皇帝到妃子的娘家，妃子的母亲献上一个石榴，因为石榴有许多子，祝福皇帝和妃子多生儿子。其实图画上的弓也是一个生儿子的典故，《礼记》里面记载，周朝开始的规矩，生了男孩子要在门口挂弓，国君生了儿子，用桑弓木箭射天地四方，是一种庄严的仪式。

那么，通过这两个生子的典故，元春宫斗而死的冤案就可以看出一个轮廓：贾元春生了皇子，引发宫廷争夺皇位继承权的斗争，元春最后在两派政治势力的恶斗中成了牺牲品。"二十年来辨是非"，贾元春是二十多岁时生儿子和死去的（诗词里面说整数，不一定是正好"二十"岁）。"三春争及初春景"是说贾元春当了皇帝的贵妃，比她的三个妹妹迎春、探春、惜春的际遇都更荣华显贵，但她的命运结局也更凶险，"虎兕相逢大梦归"，在"虎"和"兕"（抄本中"兕"或作"兔"）两派政治势力的恶斗中元春"大梦归"——悲惨地死掉了。这当然也就把曹家在康熙、雍正、乾隆三朝曾经卷入并身受其害的经历记忆，就是围绕着皇位继承而发生的那些残酷的斗争巧妙地传达出来了。

曹雪芹后二十八回写贾元春的结局，将蕴含上述清朝政治风云的复杂的内容，具体怎么写，细节不好说，但大的轮廓可以想象。而后四十回续书，由于续书的作者没有这种出于家破人亡切身经历的近距离历史记忆，也没有这种写作意图和动机，所以把贾元春改写成简单的病死了。这就构成了《红楼梦》里的贾元春结局之谜。

曹雪芹写《红楼梦》的艺术手段非常高明，许多传统文化的内容都融化其中。比如，贾家四姐妹，元春、迎春、探春、惜春，分别擅长琴棋书画中的一种艺术，而且和她们每个人的性格遭遇命运互相联系在一起，写法微妙极了。四春丫鬟的名字，就分别是琴棋书画，其实影射着她们侍奉的主人有哪方面的艺术特长。贾元春会弹琴，她带进宫去的首席大丫鬟就叫抱琴，正像其他三位小姐的丫鬟分别叫司棋、待书、入画一样。

那么，元春擅长弹琴这个特点，怎样和她的遭遇结局互相联系呢？首先，我们看诗词里面写到"宫怨"一类内容，就是描写皇帝的后妃们被禁闭在宫中的无聊生活时，她们用弹琴来排遣寂寞。比如唐代诗人王昌龄的《西宫春怨》："西宫夜静百花香，欲卷珠帘春恨长。斜抱云和深见月，朦胧夜色隐昭阳。"云和就是琴，整首诗就是写一个生活在宫廷里的女子幽怨的生活状况和感情。

进一步，弹琴也有政治方面的象征寓意。古代有一本书叫《琴操》，据说是东汉蔡文姬的父亲蔡邕写的关于琴曲的书，"操"就是乐曲的意思，而其中的许多篇目都有强烈的政治色彩。第一篇《鹿鸣操》，是周王朝的大臣看到周朝的政治衰败了，君主好女色喜歌舞，不重视贤臣，于是这位大臣就弹奏《鹿鸣操》，通过这首乐曲来讽谏君主。特别是，《琴操》里还有不少是后妃等贵族女子作曲的，而内容也是讽谏君王要近贤臣远小人，把政治搞好。如《列女引》（引和操都是琴曲的体裁）"楚庄王妃樊姬之所作也"；《伯姬引》"伯姬保母所作。伯姬者，鲁女也，为宋共公夫人"；《思归引》"卫女之所作也。卫侯有贤女"。曹雪芹写元春的丫鬟名字叫抱琴，也就是元春会弹琴，实际上就和《琴操》所代表的这种政治意味联系了起来，传递一种信息：贾元春最后的结局是和朝廷的政治变迁相关的。当然这种写法深深地打着传统文化的烙印，也使得贾元春命运结局有丰富的艺术意味。

　　我们讲贾宝玉时说过，贾元春将为贾宝玉和薛宝钗赐婚，她在端阳节赏赐姐妹兄弟们礼物，只有贾宝玉和薛宝钗的一样，就是一种暗示。这意味着，在曹雪芹写的后二十八回里，贾元春不仅参与到宫廷的政治斗争中，也和贾府家族内部争夺财产的窝里斗发生关系。王夫人是贾元春的母亲，贾母则是她的祖母，如果在为贾宝玉选择配偶时，王夫人属意薛宝钗，贾母要选林黛玉，那么贾元春将如何在母亲和祖母之间选边站呢？难道她真的会站在母亲一边反对祖母吗？这也是后二十八回如何写贾元春的一个谜团。我的意见，是八十回以后，写贾母突然病危或者死去了，因为根据生活原型曹家和李煦家遭难的先后次序，小说会写贾母的娘家史家在曹家之前就被抄家了，贾母受不了这个沉重的打击而患重病或者一命呜呼，贾宝玉和林黛玉失去了贾母的庇护，受到争夺家产的赵姨娘邢夫人等的诽谤攻击。王夫人进宫向贾元春求助，请贾元春以娘娘的身份下旨，让贾宝玉娶薛宝钗，这样一方面满足了王夫人的心意，另一方面也反击了贾府内部那些攻击贾宝玉的恶势力，保护了贾宝玉，让他结婚成家，从而合法地继承贾府的巨额财产。所以，我以为八十回以后，不会写贾元春在贾母还在世的时候就站在母亲的一边反对祖母的意见，而是在贾母死后才介入了家族的纠纷，保护她的弟弟贾宝玉，维护母亲王夫人的利益。

后二十八回佚稿贾元春结局：

　　宫斗家乱狂风骤雨；挺母护弟端阳旨意；爆竹化灰冰山倒地。

后四十回续书贾元春结局：

　　圣眷隆重劳乏费力；"三高"频发痰疾而死；爱弟家族无心顾及。

五、贾探春结局之谜

（一）后四十回续书贾探春结局

后四十回续书中，怎样写贾探春的结局呢？

探春的父亲贾政，在出差的过程中，结识了一位在海疆担任职务的镇海总制，两个人谈得投机，镇海总制有个儿子，贾政看着不错，就做主把贾探春许配给他（第一百回）。

　　探春遵父命远嫁海疆，临行前还给宝玉做思想工作，劝他改掉逆反另类的思想行为，遵循儒家的"纲常大体"为人处世（第一百零二回）。

　　到小说快结束时，贾宝玉已经跟着和尚道士成仙去了，这时贾探春跟着夫家回京城来省亲。贾府里的人看到她长得更漂亮了，而且"服采鲜明"，就是穿着非常华贵的衣服，说明夫家情况很好，夫妻和睦，看样子镇海总制也快调任入京了（第一百一十九回）。

　　所以，按照后四十回续书所写，贾探春的情况实在让人羡慕，是十二钗里结局最好的一个。但这种写法，并不符合前八十回的各种伏笔伏线。

（二）后二十八回佚稿贾探春结局

　　在曹雪芹佚稿中，贾探春不是嫁给一般的官宦人家，而是要当海外王妃。前面介绍"草蛇灰线",举例时已经说过。所谓"两个人放风筝,一片大海,一只大船,船中有一女子掩面泣涕"、放凤凰风筝、"游丝一断浑无力,莫向东风怨别离"、"瑶池仙品"、"日边红杏倚云栽"、"我们家已有了个王妃,难道你也是王妃不成"等等。

　　贾探春一方面要做王妃,另一方面要远嫁海外,那当然就是类似于王昭君那样的和番远嫁了。有两首歌咏王昭君的七言绝句,都是影射贾探春结局的。一首是薛宝钗的堂妹薛宝琴作的十首怀古诗之七《青冢怀古》,其中说"黑水茫茫咽不流,冰弦拨尽曲中愁";另一首是林黛玉作的《五美吟》之三《明妃》,其中说"绝艳惊人出汉宫,红颜命薄古今同"。王昭君和番,贾探春远嫁海外做王妃,古人认为是巨大的悲剧,是"薄命",因为和番女子一般都是国家之间做政治交易的牺牲品,永远离开了父母之邦,与亲人再无见面之日。古人安土重迁,把祖国、家乡、故土看得格外重,比如元代马致远把王昭君和番的故事改编成杂剧,就变成王昭君至死不肯离开祖国,跳到了边境的河流里自杀了,叫"沉黑河明妃青冢恨"，这不能用现代人的情况和价值观念衡量。

贾探春将要和番远嫁做王妃，还有一个外证。二十世纪四十年代，有一个日本教授叫儿玉达童，他在北京大学对人讲过，有一个叫三多六桥的日本人，他保存着一个从中国得到的《红楼梦》手抄本，其中八十回以后的情节内容和后四十回续书不一样，其中贾探春的结局是类似于王昭君的"杏元和番"。"杏元和番"是演义一个叫陈杏元的女子嫁到番邦去的传统故事，老戏曲里有这一出。

说到历史生活原型，则曹雪芹的祖父曹寅有两个女儿都嫁给了王子，长女是平郡王妃，次女嫁的是哪一个王子具体情况不详，但曹寅的一个奏折上向康熙皇帝谢恩，说得很明确。那么，平郡王妃是贾元春的原型，次女就是贾探春的原型，当然写到小说里，都作了艺术变形，一个成了皇妃，一个成了海外王妃。

那么贾探春将要远嫁的那个国家叫什么名字呢？是个大国家还是个小国家呢？从"册子"上画着"一只大船"和《分骨肉》曲子里"一帆风雨路三千"的提示看，那应该是一个海岛小国。贾探春最后一次诗社填词咏柳絮，词牌是"南柯子"，这个词牌名来源于"南柯梦"的神话故事，就是一个人做梦，到了住宅南边老槐树下面的蚂蚁王国里去经历了一场荣华到衰败的人生，还有贾府清虚观打醮抽的三出戏名，最后一出是《南柯梦》。贾探春远嫁海外做王妃，本质上也是南柯梦。

具体嫁到哪个国家？第五十二回薛宝琴说她见过一个真真国的女孩子，第二十八回蒋玉菡说北静王送他的那条红色汗巾子是茜香国女国王进贡的，这真真国、茜香国都是可能的选项。探佚对这种过于细节性的东西，是不能确定的，总之是有一个海外国家和中原王朝发生了政治或者军事上的纠纷，中原王朝要嫁公主和亲，又不愿意把真正的公主嫁出去，就选择了贾探春封为公主远嫁了。贾宝玉过生日那两回，确实描写过贾宝玉把小戏子芳官改名为耶律雄奴、温都里纳这种番国名字，宝玉并且有大段关于"番邦"的议论，说"凡历朝中跳梁猖獗之小丑，到了如今，竟不用一干一戈，皆天使其拱手俛头，缘远来降……"，这些都是后二十八回将要写到"番邦"的伏笔。

"清明啼送江边望""清明妆点最堪宜"，贾探春远嫁的那一天是清明节，大的形势，贾府已经衰败失势了，但还没有被抄家，应该是在贾元春刚死了不久的时候。可能那时朝廷和海外一个国家发生了纠纷，出榜让贵族家的女儿报名去和番，元春已经神秘死亡，贾家上下惶恐不安，贾探春为了挽救家族岌岌可危的命运，就主动报名了。这符合贾探春那种敢作敢为的性格，她在代理王熙凤管家时，就曾经说过，我但凡是个男人，早走了，去做一番事业。贾元春死前嘱咐父母"天伦呵，须要退步抽身早"（《恨无常》），贾探春远嫁的时候则哭着说"告爹娘，休把儿悬念"（《分骨肉》）。还有一条脂砚斋的批语感慨，说如果贾探春不是远嫁走了，将来贾府被抄家时，探春可以把抄家后流落无着的子孙们收拢到一处。这些都说明，探春远嫁时，贾府已经衰败，但还没有被抄家。

　　（三）女书法家之谜

　　贾探春是曹雪芹倾注了满腔热爱而浓墨重彩描写的一个

杰出女儿，有许多精彩篇幅，"敏探春兴利除宿弊"的锐意改革，在抄检大观园事件中该出手时就出手，打了王善保家的一巴掌，都是被历代读者津津乐道的"优胜事略"。而探春还是一个杰出的女书法家，写出这一点的艺术手法则极其含蓄而巧妙。

这首先从探春两个丫鬟的名字上透露出来，一个叫侍书，一个叫翠墨。侍书的"书"是书法的书，"侍书"还有"将书写惊人历史篇章"的意思，翠墨就是高级的新鲜的墨。另外一处突出的描写，就是刘姥姥二进荣国府时，贾母留她住了两天，带着她在大观园里各处逛。到了探春住的秋爽斋，就特意描写三间屋子并没有隔断，而是打通的大厅一般，十分宽敞阔大，当地放着花梨大理石大案，案上垒着各种名人法帖，几十方砚台，各色笔筒里的毛笔像树林一般。墙上挂着米芾画的画，颜真卿写的对联。这些房间的陈设，一方面象征贾探春的性格，另外一方面也透露她是个书法家。

贾探春的书法家身份还和她的生日巧妙地联系了起来。她是贾府的三姑娘，又写她的生日是三月初三。大姑娘贾元春的生日是正月初一，乃中华的皇妃，三姑娘则是海外王妃，妙不妙？写贾探春生在三月初三，并没有直接说，而是写林黛玉三月初一作了一篇桃花诗，本来要第二天也就是三月初二开桃花诗社，但第二天来了客人，没弄成，林黛玉在这一天晚上说，忘记了明天是贾探春的生日，也不方便开社作诗。就是这样一个情节，透露了三月初三是贾探春的生日。但更妙不可言的是，这又和贾探春是书法家的身份暗相契合，因为"天下第一行书"《兰亭集序》写于"永和九年，岁在癸丑，暮春之初"，正是三月初三。

大观园的文学社团也是贾探春发起的，开始叫海棠诗社，这说明贾探春有组织才干，也为她后面当家搞改革作铺垫。海棠诗社的成立地点就在贾探春居住的秋爽斋，大家起别号，贾探春说自己喜欢院子里的芭蕉，就自号蕉下客。这其实也暗含了一个书法的典故，就是唐朝书法家怀素，曾经种了一万株芭蕉，在芭蕉叶子上习练书法，并把自己的书房命名为绿天庵（陆羽《怀素传》）。写贾探春住的院子里也种着芭蕉，又自号蕉下客，就是主人擅长书法的巧妙象征。后面还写贾政出差在外两三年，贾宝玉练习书法的作业完成得少，害怕贾政回来检查，姐妹们都写了字送给他蒙混过关，而送字的姐妹们，就是探春打头，同样暗示了她的书法最好。

但贾探春最喜欢的是颜体字。开海棠诗社时，从一封贾探春写给贾宝玉的信引发，信里面写贾探春生病的时候，贾宝玉表示关心，送给她颜真卿的墨迹，就是后来挂在秋爽斋墙壁上的那副对联：烟霞闲骨格，泉石野生涯。这副对联自然象征贾探春有高雅脱俗的心性、修养和品位，同时暗示她最喜欢颜真卿的字。

写贾宝玉送给贾探春颜真卿的字，而且挂到了贾探春住房的墙壁上，有更深刻的艺术含义。就是颜真卿不仅是个大书法家，而且是个忠臣烈士，在平定李希烈之乱的战争中光荣牺牲了。而贾探春，将来也会为了国家的利益去和番远嫁，性质和颜真卿的牺牲是一样的。这就是写贾探春爱好书法特别是喜欢颜体字的一片文心匠意。贾探春一定写一笔非常好的颜体字，堂皇端肃，正气凛然，正是她的人格象征和

命运象征。她住的地方叫秋爽斋，"爽"可看作是对贾探春的
一字评。

后二十八回佚稿贾探春结局：

　　　和番远嫁漂洋去；回首神州泪如雨；献身为国
女颜鲁。

后四十回续书贾探春结局：

　　　海疆嫁得金龟婿；服彩鲜明返故里；薄命司中
除名去。

六、史湘云结局之谜

（一）后四十回续书史湘云结局

后四十回续书怎么写史湘云呢？基本上就是不提了，成

了一个淡淡的影子，只有非常简单的几句话。

第一百零六回通过史家的两个婆子之口，说湘云"就要出阁"，"姑爷长得很好，为人又和平"。

第一百零九回，贾母病重，但史湘云没有来看望，因为"说是姑爷得了暴病"。

第一百一十八回，王夫人和贾宝玉谈话中说到史湘云的最后结局："如今姑爷痨病死了，你史妹妹立志守寡。"

（二）后二十八回佚稿史湘云结局

讲贾宝玉结局时，已经提到过，史湘云是佚稿中抄家后与贾宝玉共渡劫波的患难伴侣，是贾宝玉婚恋三部曲中继黛玉、宝钗后的第三部。清代和近代的多种野史笔记，都提到有一个"旧时真本《红楼梦》"，其中写"宝玉糟糠之配实维湘云"。史湘云的结局，是探佚中最有意义的一个问题。俞平伯早年写《红楼梦辨》，认为八十回以后的曹雪芹原稿中，是写史湘云嫁给了贵公子卫若兰，但到晚年写《乐知儿语说红楼》，则说曹雪芹是写史湘云嫁给了贾宝玉。

《红楼梦》第三十一回，回目叫"因麒麟伏白首双星"，具体故事是，贾宝玉得到一个金麒麟，很珍惜，因为他知道史湘云的腰带上就佩戴着一个。他准备把自己得到的这个金麒麟拿给湘云看，和湘云的那个做比较，这里面当然有一种耐人寻味的意思，一种说不清道不明的感情因素。可是宝玉在大观园突然遇到大雨倾盆而下，为躲避雨水而飞跑的过程中，把放在衣服里面的金麒麟丢掉了，而宝玉自己并不知道。这个被宝玉落到花草丛中的金麒麟，却偶然被史湘云看到了，她的丫鬟翠缕就捡了起来，并且说这个麒麟比姑娘佩戴的那个大，这个是雄性的，姑娘佩戴的那个是雌性的。史湘云拿着这个捡到的麒麟出神，因为翠缕文化水平低，史湘云给她讲"雌雄"和"阴阳"，扯到了人的男女性别。后来贾宝玉见了史湘云，要拿自己的金麒麟给史湘云看，才发现丢了，这时湘云就拿出了自己捡到的那个，对宝玉说："是不是这个？"宝玉很高兴地拿回来，说正是它。回目"因麒麟伏白首双星"就是说这个故事情节是"伏线"，隐伏着八十回以后的故事"白首双星"。

"双星"就是牛郎织女星，比喻一对恋人。针对这个故事情节，有两条脂砚斋的批语。一条批语是："金玉姻缘已定，又写一金麒麟，是间色法也。"另一条批语是："后数十回若兰在射圃所佩之麒麟，正此麒麟也。提纲伏于此回中，所谓草蛇灰线在千里之外。"俞平伯早年说，从第一条批语，知道写宝玉丢了湘云拾到金麒麟只是"间色法"，并不是暗示将来宝玉和湘云成婚；从第二条批语，可以这样揣测：贾宝玉的金麒麟，不知道怎样辗转到了卫若兰手中，史湘云也有金麒麟，所以两个人结成了金麒麟姻缘。卫若兰是在秦可卿出殡时到贾府吊丧的一个贵族公子。史湘云嫁卫若兰的假说，就建立在对这两条批语的这种理解上。

　　但探佚研究经过详细分析论证，证明这种理解是错误的。因为这两条批语一点也没有说史湘云将来要嫁给卫若兰，其中表达的是另外的意思。第一条批语其实是说，前八十回写了贾宝玉和薛宝钗的"金玉良姻"，贾宝玉有通灵玉，薛宝钗有金锁，所以二人有一段夫妻缘分。这段姻缘在前面，就像画画的基本色。但后来又发生了贾宝玉和史湘云的金麒麟姻缘，这一段发生在后面，就像另外涂抹的过渡色。因为男方都是贾宝玉，也就是"底色"是一个，薛宝钗和史湘云前后都和他发生婚姻关系，就像在底版上先后涂了不同的颜色，所以叫"间色法"。第二条批语涉及的具体情况，是在抄家等变故中，贾宝玉的金麒麟不知怎么到了卫若兰手里，后来卫若兰偶然碰到落难的史湘云，发现她也有一个金麒麟，就帮助她和贾宝玉重新见面并最终结合，是这样一个桥段。

另外还有脂砚斋的批语说"卫若兰射圃"是"侠文"，由此可知，第二条批语中"若兰在射圃所佩之麒麟"的基本内容，是一种侠义行为，就是卫若兰行侠仗义克服困难，帮助贾宝玉和史湘云会合。当然其中的情节可能复杂曲折，探佚不能说得太具体，但大轮廓就是这样。俞平伯晚年悟到了这一点，所以在《乐知儿语说红楼》中说："第三十一回'因麒麟伏白首双星'一语，若非宝湘结合，则任何说法终不圆满也。"

在曹雪芹完整的艺术构思里，贾宝玉先后有三段重要的婚恋经历，分别是林黛玉、薛宝钗和史湘云。但由于八十回后的稿子亡佚了，而前八十回表面上都是在写贾宝玉和林黛玉、薛宝钗之间"木石前盟"和"金玉良姻"的纠缠，而后四十回续书中也把史湘云嫁给贾宝玉的故事取消了，这些情况就使一般读者忽略了史湘云和贾宝玉的关系。其实前八十回里面，对史湘云才是贾宝玉最后的伴侣这一结局，是有许多描写予以暗示的，只是那些描写都比较隐晦曲折，艺术性微妙，一般读者很难看出来。

前面已经讲过"湘妃"的典故。"湘妃"有两个，一个娥皇，一个女英，都是大舜王的妻子。贾宝玉有"三王号"，相当于大舜王，林黛玉是潇湘妃子，相当于娥皇，而史湘云姓名中的"湘"字，就是另一个湘妃的意思，相当于女英。暗示湘云命运的曲子中有句："幸生来英豪阔大宽宏量"——正是"女英"之意。

再比如，贾宝玉住的怡红院是简称，全称是怡红快绿院，这个名字其实是贾宝玉起的，因为院子里种着海棠和芭蕉，海棠花是红的，芭蕉叶是绿的，贾宝玉就题了"红香绿玉"。那是第十七回，大观园刚建成的时候，贾政带着贾宝玉游园，让贾宝玉给每个景点起名题匾额和对联。后来贾元春归省时把"红香绿玉"改成了"怡红快绿"。"绿玉"和"快绿"象征林黛玉，她的名字里不是有"玉"字吗？她后来住的潇湘馆不也都是绿荫荫的竹子吗？当然怡红院里换成芭蕉，因为写竹子的话就过于显露呆板，没有艺术性了。而"红香"和"怡红"是象征史湘云，海棠就是史湘云的象征花卉，贾宝玉过生日那一回专门写过，史湘云抽的花名签上面是海棠，配着宋朝大诗人苏东坡歌咏海棠的诗句——只恐夜深花睡去。此外，"红香"的"香"也和"湘"谐音，第四十九回的回目"脂粉香娃割腥啖膻"，"香娃"就指史湘云，"割腥啖膻"就是史湘云和贾宝玉两个烤野鹿肉吃。"红香绿玉""怡红快绿"，就是象征贾宝玉一生有两个爱人：林黛玉在前，史湘云在后，绿在前，红在后，植物一般都是先长绿叶后开红花嘛。但"红香""怡红"排到"绿玉""快绿"前面，怡红快绿院简称为怡红院而不是快绿院，暗示其实史湘云比林黛玉更重要，她才是最后陪在贾宝玉身边的人。

　　曹雪芹写林黛玉和贾宝玉的爱情故事，主要集中在小说的前一半，就是第五十四回以前。小说一共一百零八回，以第五十四回和第五十五回之间为分水岭。前一半写兴盛，后一半写衰败，就是风月宝鉴的正照和反照。前八十回写道士给贾瑞风月宝鉴，正照是美女，反照是骷髅头。全书的结构也是这样。所以我们看，过了五十回，接近后一半了，描写史湘云的篇幅就越来越多了，相反写林黛玉逐渐减少了。第五十回众女儿雪天作诗联句，最活跃的就是史湘云，她的诗句最多，是这次诗会的冠军。大雪天其实是"落了片白茫茫大地真干净"的隐喻，也就是说史湘云是家族败落以后反照风月宝鉴时的女主角。

第六十二和六十三回贾宝玉过生日，也是突出史湘云——憨湘云醉眠芍药圃，白天史湘云喝醉了酒枕着花瓣睡在石头凳子上，惹得蜜蜂蝴蝶绕着她飞，红楼人物画经常画这个题材。生日晚宴时又特别描写史湘云和贾宝玉并排坐在当中，红学研究者画过晚宴的座位图，分析得很明确。后来又写史湘云的"影子"小戏子芳官喝醉了酒，就躺在贾宝玉旁边睡了一夜，和贾宝玉同床共枕，这个情节更是特意设计，是将来史湘云和贾宝玉要结为夫妇的"草蛇灰线"，芳官就是史湘云的艺术替身，就像晴雯和袭人分别是林黛玉和薛宝钗的替身一样。

清代的评点家洪秋藩指出，史湘云白天睡在石头凳子上，芳官晚上睡在贾宝玉身边是"石即玉，玉即石"，二者互相影射，因为贾宝玉前身是神瑛侍者，神瑛就是宝贵的玉石，他又戴着补天剩石幻化成的通灵玉石，都和史湘云睡的石头凳子——"石"相通。洪秋藩还得意地说，以后碰到大谈《红楼梦》的人，就拿这一段考考他，如果他看不出史湘云卧石和芳官睡在贾宝玉身边是互相影射，说明他悟性不够，不必和他谈《红楼梦》。到了第七十回，也是因为史湘云看到春天柳絮飘舞，而作了一首《如梦令》，于是引出了大观园最后一次诗社，就是歌咏柳絮词。这最后一次诗社实际上就是史湘云发起促成的，这就照应了总体性艺术设计：史湘云是小说中柳絮飘荡春残花落以后，也就是抄家败落以后，和贾宝玉生活在一起的女主角。

上面我们明确了一个问题，就是史湘云是贾宝玉最后的伴侣，那当然是在贾宝玉和林黛玉、薛宝钗的爱情婚姻都结束以后。那么，在此之前，史湘云有哪些故事呢？

　　首先，是四大家族之一的史家被抄家，覆巢之下无完卵，史湘云当然也不能幸免。史家的败落被抄家，应该在贾府被抄家之前。这一点在小说中没有十分明确的伏笔，而是根据生活原型的遭遇而推断的。贾府的生活原型，是江宁织造曹家，曹雪芹的曾祖父曹玺、祖父曹寅、伯父曹颙、父亲曹頫，三代一共四个人在康熙朝当了六十多年江宁织造，在雍正五年（1727）被抄家。而曹寅的妻兄苏州织造李煦，则是在雍正元年（1723）就被抄家的。

　　李煦家在《红楼梦》里对应的，就是史家，史太君贾母的生活原型就是嫁给曹寅的李煦的堂妹，而史湘云的生活原型是李煦的一个孙女。所以在《红楼梦》里，史湘云是贾母娘家兄弟的孙女，从亲戚关系上说，应该叫贾母姑奶奶。李煦被抄家后，遭遇极其悲惨，李煦本人以七十多岁的高龄，被流放到打牲乌拉（今吉林省吉林市西北）的苦寒之地给披甲人为奴，很快死在那里。而李煦的家人奴仆，都被变卖。

雍正朝的一条官方史料说，李煦家属及家仆等男女并男童幼女共二百余口，在苏州变卖，上市快一年，南省人民都知道被卖者是旗人，无人敢买。那么，写到小说里，史湘云也将在史家被抄家的时候遭遇类似的命运。

史湘云的这种遭遇，在前八十回里有一些隐隐约约的暗示痕迹。讲贾宝玉时说过，《红楼梦》里的政治斗争背景是忠顺王和北静王争夺国家政权的较量。史家是第一个被抄家的，所以前八十回里史湘云作的诗句，说的酒令，都暗示了政治斗争的内容。比如刘姥姥二进荣国府的故事里，大家说酒令，史湘云说的酒令就很显眼：双悬日月照乾坤、闲花落地听无声、御园却被鸟衔出。

"双悬日月照乾坤"是用唐朝安史之乱时一度有唐玄宗和唐肃宗两个皇帝的历史典故，其实就是影射忠顺王和北静王两派政治力量的较劲。最后北静王一派失败了，属于这一派的贾史王薛四个家族也受到牵连，一损俱损，四个家族遭受打击，贾元春、薛宝钗和史湘云这些女孩子也遭遇不幸的命运，这就是"闲花落地听无声"。后来情况有所好转，史湘云获救了，最后和贾宝玉结合了，这就是"御园却被鸟衔出"。御园是皇家的花园，可见史湘云的遭遇和政治密切相关。还有大雪天联句中，史湘云也有"龙斗阵云销""瑞释九重焦"这样的句子，"龙斗""九重焦"都是比喻皇家的政治纷争给史湘云带来不幸命运，而"阵云销"和"瑞释"就暗示后来从困境里脱身了。

史湘云落难和获救的过程是很曲折的，因为她是犯了政治大罪家族的子女，按照规定，要被变卖或者没入宫廷或者赏给别的权臣贵族当奴隶。这在前八十回的伏笔伏线和脂砚斋的批语中也能找到一些蛛丝马迹。比如贾宝玉生日宴会上大家说酒令，史湘云说的是："奔腾而澎湃，江间波浪兼天涌。须要铁索缆孤舟，既遇着一江风——不宜出行。"

一派惊涛骇浪暴风骤雨中，一只孤舟即将被吞噬，有没有一条坚固的铁索能把这只漂荡的孤舟拉到岸上呢？充满了惊险和悬念。

又比如贾宝玉曾经和薛蟠、蒋玉菡等几个人一起吃酒，参加的还有一个妓女，她的名字叫云儿，和史湘云名字的简称一样，这是不是暗示将来史湘云也有可能被卖到妓院呢？

营救史湘云，最后帮助她见到贾宝玉的，最主要的人物是卫若兰，还有贾芸和小红。这都是脂砚斋的批语里提到的。卫若兰前面说过了。贾芸和小红这一对是《红楼梦》里著名的"小人物"，小红先在怡红院侍候贾宝玉，后来又到了王熙凤身旁；贾芸是贾宝玉的远房侄子，他很会来事，由于贾宝玉说了一句玩笑话说"像我的儿子"，他就顺杆爬，认宝玉为自己的干爹，他又给王熙凤送礼，谋到了在大观园管理花草树木的差事。贾芸和小红都是能自我奋斗的，在恋爱上也很有主动性，通过一条丢了的手帕，两个人就眉来眼去勾搭上了。这些情节都是伏笔，暗伏家族败落后这两个人将发挥重要作用，帮助落难的贾宝玉和王熙凤。

贾芸和小红不仅自己精明强干，还有一定的社会关系和活动能力，比如贾芸的邻居醉金刚倪二，是侠义之人，也就是江湖社会的老大，他手下还有马贩子王短腿什么的。这在前八十回都写过。脂砚斋的批语里明确说贾芸和小红在八十回以后将"大有一番作为"，就是在抄家以后帮助贾宝玉和王熙凤等人。他们帮助贾宝玉，一个最重要的内容就是帮助贾宝玉和史湘云会合、结合。

这也有很微妙的"草蛇灰线"作伏笔。首先是贾芸的名字"芸"，就有意和史湘云的"云"互相照应，当然"芸"有草字头，这是贾家第四代起名字的家族法规，但这个草字头也就代表了花草树木，所以贾芸的工作是管理养护大观园的花草树木。而金陵十二钗，无论正册副册又副册，都是用花来象征的，重要的女儿都有特定的花卉作象征物。所以贾芸养护大观园的花草树木这个工作本身，就暗示他是个"护花使者"，是大观园女孩子的救星。

史湘云的象征花卉是什么呢？大家都知道是海棠花。大观园的小姐们搞文学社团，第一次就叫海棠诗社，歌咏白海棠。由头就是贾芸"孝敬"了贾宝玉两盆白海棠花！而这第一次的海棠诗社，却先后出了三个冠军。先是大家评论林黛玉写的诗艺术水平最高，应该当冠军；但李纨说薛宝钗的诗思想境界更好，所以定了宝钗是冠军；再后来迟到的史湘云却一下子就作了两首，而且博得大家一致叫好，说真是不枉起了海棠社作了海棠诗。无论数量还是质量，史湘云都是后来居上，是真正的海棠诗冠军。贾芸前面送了两盆白海棠给贾宝玉，到了后二十八回，他却要送白海棠象征的史湘云给他呢。这就是"草蛇灰线，在千里之外"的伏笔。

林黛玉、薛宝钗、史湘云前后三个海棠诗冠军这个情节本身，也暗伏了贾宝玉爱情婚姻三部曲的先后顺序：林黛玉、薛宝钗、史湘云。史湘云的第二首海棠诗开头说："蘅芷阶通萝薜门，也宜墙角也宜盆。"蘅芷和萝薜，不就是薛宝钗住的蘅芜苑吗？第二句的"墙角"不就象征败落以后住在茅草房里吗？这两句诗其实就是伏笔史湘云继薛宝钗之后嫁给了落魄的贾宝玉。

周汝昌先生研究，史湘云和贾宝玉是"渔舟重聚"，就是两个人在经历了抄家的长久不知音讯后，第一次见面是在一只渔船上。那么，这样说的根据是什么呢？首先，史湘云的雪天联句中有这样的句子："野岸回孤棹""池水任浮漂"，是在水上漂流。而有一次贾宝玉穿戴着北静王给的蓑衣斗笠去看林黛玉，林黛玉开玩笑说贾宝玉像个渔翁，贾宝玉说赶明日我也给你弄一套，林黛玉笑着回答说穿上自己不就像个渔婆了？说完以后意识到和前面说贾宝玉像渔翁连起来了，成了夫妻的比喻了，很不好意思。周先生说这个情节真正隐伏的"草蛇灰线"，其实是后二十八回贾宝玉和史湘云在船上重逢，是"渔翁"和"渔婆"，因为林黛玉早早就死了，而史湘云和林黛玉是两个"湘妃"，可以互相替代。

那么把这些单项的情节串起来，就是这样一个故事轮廓：八十回后在朝廷两派政治力量的角斗中，贾母的娘家史家首先被抄家了，史湘云也落难了，落难的具体情节当然有各种可能性。卫若兰偶然碰上了史湘云，发现她佩戴的金麒麟和贾宝玉给自己的那个金麒麟是一对，就"行侠事"，想办法营救史湘云，而贾芸和小红也通过"醉金刚"倪二等江湖社会的力量参加营救。经过种种曲折，早就结束了和薛宝钗婚姻而当了和尚的贾宝玉，这时也还俗了，在众人的帮助下，终于和史湘云在一只船上相见了，历经苦难沧桑的两个青年男女哭着拥抱在了一起。

王湘浩先生提出了一个观点，说史湘云先嫁给甄宝玉，后来才转嫁贾宝玉。第五十六回刚过了全书盛衰转折的中节点，就有江南甄府的几个婆子到贾府送礼问安，是深长的隐喻，就是假去真来，荣华富贵即将结束，破败毁灭马上降临。甄家的婆子见到了贾宝玉，惊讶和自己家的甄宝玉如出一辙，后面就有贾宝玉和史湘云议论这件事情。史湘云说蔺相如和司马相如同名，孔子和阳虎同貌，贾宝玉说那怎么我和甄宝玉既同名又同貌呢？史湘云没的答对了，就笑说："你只会胡搅，我也不和你分证。有也罢，没也罢，与我无干。"王先生说，这是反弹琵琶，其实是暗伏八十回后佚稿中，史湘云先和甄宝玉发生情缘故事，后来才到了贾宝玉身边。联系贾元春归省时点的四出戏谶中《邯郸记》《仙缘》一出"伏甄宝玉送玉"，把"送玉"理解为送人，是甄宝玉送贾宝玉到史湘云那里吗？如果把"送玉"之"玉"理解为通灵玉，是否甄宝玉把通灵玉送给史湘云或者送还贾宝玉，而促成他们二人大劫难后的会面复合呢？

前面讲贾宝玉结局之谜时说过，贾宝玉和史湘云结合后，后来又当了道士，道士是可以有家眷的。史湘云最后的

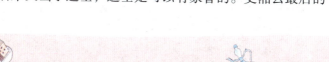

结局就是和贾宝玉一起，阅读研究道家的经典《庄子》，回首四大家族从繁华到毁灭的历史，而达到了对人生意义的一种深刻的感悟。所以预言史湘云命运的《乐中悲》曲子最后说："厮配得才貌仙郎，博得个地久天长，准折得幼年时坎坷形状。终久是云散高唐，水涸湘江，这是尘寰中消长数应当，何必枉悲伤。"红学研究者考证得很详细，"才貌仙郎"就是指贾宝玉，他的前身是神瑛侍者，当然是"仙郎"。"终久是"是"毕竟是"的意思，不是"到头来"的意思，就像贾宝玉自我解嘲说自己"终久是个糊涂心肠"（第四十九回）中的"终久是"。所以《乐中悲》的意思是史湘云在经历了抄家等巨大苦难后和贾宝玉在一起，是乐中有悲悲中有乐，想通了这是命运因缘，要站在历史的高度高瞻远瞩，要有一种旷达的人生态度，对经历过的苦难要看得开，不要再"枉悲伤"了。史湘云的性情本来就是旷达豪爽的，再加上对《庄子》的深度阅读理解，当然境界更高了。"乐中悲"不是两人聚首后又分手的"乐后悲"，而是湘云和宝玉在一起感到幸福快乐，虽然经历过各种灾难的悲哀也总是萦绕在心头，引发感慨，悲中有乐，乐中有悲。但贾宝玉和史湘云终于达到了更高的人生境界，最后是在一起"证情"，也就是"情不情"，这是曹雪芹要传达的一种人生觉悟、价值导向。

后二十八回佚稿史湘云结局：

抄家劫难出生入死；重会宝哥共读《庄子》；回首海棠怡红快绿。

后四十回续书史湘云结局：

形影久已模糊；传言姑爷病死；又添守寡节妇。

七、妙玉和秦可卿结局之谜

（一）妙玉结局之谜

妙玉是寄居在大观园拢翠庵（据戚蓼生序本《石头记》

等，是拢翠而非栊翠）的一个女尼，并不是贾府等四大家族中人，在金陵十二钗中却排名第六，与史湘云成对，是与贾宝玉发生情感关系的两对"金玉"之一。她在贾元春归省前不久来到贾府，说她本是官宦人家的小姐，幼年生病治不好，出家当了尼姑才痊愈。后来贾母领着刘姥姥游大观园时，去拢翠庵喝茶，有对妙玉的精彩描写。妙玉拿出珍奇的古董茶具招待宝钗、黛玉和贾宝玉"喝体己茶"，口气高傲，说自己平日吃茶的绿玉斗贾府都未必能找得出来，暗示其家庭背景的不凡。周汝昌先生等红学家，认为妙玉有生活原型，其出身不亚于小说中贾府等大贵族，甚至可能是王府，出于复杂的政治原因才被迫出家为尼。

后四十回续书中的妙玉

后四十回续书写妙玉结局，除了贾宝玉丢失了通灵玉后邢岫烟请她扶乩算卦等小插曲外，上了回目的故事有两次：第八十七回"坐禅寂走火入邪魔"，第一百一十二回"活冤孽妙尼遭大劫"。

第八十七回的故事，是贾宝玉去蓼风轩看贾惜春，遇到惜春正和妙玉下围棋，妙玉面对宝玉，脸红心跳，借说棋谈禅和宝玉调情，所谓"痴痴的问着宝玉道：'你从何处来？'……妙玉听了这话，想起自家，心上一动，脸上一热，必然也是红的，倒觉不好意思起来"。后面妙玉和贾宝玉告别贾惜春，在大观园行走，路过潇湘馆，听里面林黛玉在抚琴，宝玉和妙玉驻足听琴，妙玉听得神秘兮兮大惊小怪。"呀然失色道：'如何忽作变徵之声？音韵可裂金石矣。只是太过。'……正议论时，听得君弦蹦的一声断了。妙玉站起来连忙就走。宝玉道：'怎么样？'妙玉道：'日后自知，你也不必多说。'竟自走了。弄得宝玉满肚疑团，没精打采的归至怡红院中。"

　　而妙玉回到拢翠庵后，则"忽想起日间宝玉之言，不觉一阵心跳耳热"，就坐不住禅，走火入魔，"神不守舍，一时如万马奔驰，觉得禅床便恍荡起来"，幻觉中公子王孙抢着来娶自己，媒婆强拉硬拽，又变成盗贼来劫持自己，不由得哭喊求救。被庵中女尼道婆叫醒后，则是"两手撒开，口中流沫""眼睛发直，两颧鲜红"，大骂强盗，并抱住女尼说："你是我妈呀，你不救我，我不得活了。"消息传了出去，"外面那些游头浪子听见了，便造做许多谣言说：'这样年纪，那（哪）里忍得住。况且又是很风流的人品，很乖觉的性灵，以后不知飞在谁手里，便宜谁去呢。'"

第一百一十二回，贾府已经被抄过家，败落了，贾母也死了，一伙贼趁火打劫，潜入荣国府偷盗抢劫，正逢妙玉又去和惜春下围棋，"两人言语投机，说了半天，那时已是初更时候，彩屏放下棋枰，两人对弈"。深夜强盗进来打劫，抢了财物金银后，看见了妙玉，顿起劫色之意。过了几天，谋划好了，"到了三更夜静，便拿了短兵器，带了些闷香，跳上高墙"，去拢翠庵用闷香迷倒了妙玉，"可怜一个极洁极净的女儿，被这强盗的闷香熏住，由着他掇弄去了"。

这种写法当然违背了前八十回的情理逻辑。核心问题是妙玉的性格变得庸俗化，与前面的描写互相矛盾。妙玉高雅的文化品位和超凡脱俗的境界完全没有了，就是一个虽然当了尼姑却六根未净的女子，写她终于被强盗抢去，言下之意就是对不守清规凡心涌动的警戒和惩罚，思想内涵是肤浅落后的。前八十回妙玉十分清高孤傲，只和宝钗、黛玉、湘云这几个十二钗里的尖子有所交往，根本看不上贾惜春，而贾惜春也十分孤僻，连对贾家的姐姐们都情分冷淡，对从小服侍自己的丫鬟入画都因小错而撵走，嫂子尤氏说惜春"可知你是个心冷口冷心狠意狠的人"。所以贾惜春和妙玉之间，根本不可能产生友谊，她们二人不会有任何来往。续书写妙玉和惜春热络，主要是因为后面要写惜春出家当尼姑，就让她先和尼姑妙玉你来我往。这是一种脱离人物性格逻辑，而只从肤浅现象出发随意杜撰的表面文章。

后二十八回佚稿妙玉结局

妙玉在前八十回所占篇幅不多，故而对她的探佚研究，主要从三个方面尝试入手，一是第五回妙玉的"册子"判词和《世难容》曲子的提示，二是对前八十回中妙玉的性格情节描写作分析，三是参考某些抄本批语而作思考。

妙玉的"册子"画着一块美玉落在泥垢之中，判词则说："欲洁何曾洁，云空未必空。可怜金玉质，终陷淖泥中。"《世难容》曲子有句："到头来依旧是风尘肮脏违心愿，好似无瑕白玉遭泥陷。"妙玉的结局是很悲惨的，但泥垢中的美玉究竟是怎样的情节呢？已经迷失的靖藏本《石头记》上有批语说妙玉在佚稿中"流落瓜州渡口""红颜固不能屈从枯骨"，因而研究者推测贾府被抄后妙玉离开了大观园，辗转回到了南方老家，在瓜州受到恶势力迫害，一个恶人老朽（所谓枯骨）企图霸占她，而妙玉不屈而死。

由于靖藏本《石头记》本身的真实性和传抄的批语都充满了争议，上面的说法也只能说是一种可能的推测。对"风尘肮脏违心愿"的理解也存在分歧。有人把"风尘肮脏"理解为当妓女，但另一种对"风尘"的理解，是《红楼梦》第一回所说"风尘怀闺秀""一事无成，风尘碌碌"之"风尘"，并不是指当妓女的"堕落风尘"。"肮脏"也不是后来"龌龊"的意思，而是"抗脏"即反抗不屈服之意，如宋代文天祥《得儿女消息诗》中"肮脏到头终是汉，娉婷更欲向何人"中的"肮脏"就是。曹雪芹祖父曹寅的诗词作品中，凡用到"肮脏"，也都是"抗脏"即亢直磊落的内涵。

曹雪芹给妙玉的定位很高，前八十回写她请林黛玉和薛宝钗喝体己茶，后来又参加林黛玉和史湘云的中秋月夜联句，明显是和林黛玉并列的"二玉"，与戴金锁的薛宝钗和佩金麒麟的史湘云"二金"对仗并列。她拿自己平日用的绿玉斗给贾宝玉饮茶使用，又给贾宝玉送生日贺帖，还给众位大观园女儿送盛开的红梅花，都是微妙的情节。研究者们认为贾宝玉和妙玉的关系，是更高境界的高山流水的"知音"友谊，在佚稿故事中会有更精彩的描写，她属于"薄命"女儿的另类典型，其悲惨结局一定也让人痛心疾首热泪盈眶。红迷一方金写过一篇《论贾宝玉人生五阶段》的网文，提出"情悟"乃《红楼梦》的宗旨之一，而具体表现为贾宝玉一生五个阶段与五个女儿的情缘经历。这五个阶段五个女儿依次是：

一、色欲极限论：秦可卿

二、意淫自沉论：林黛玉

三、万艳同悲论：薛宝钗

四、点醒色空论：妙玉

五、情空两济论：史湘云

这篇文章很耐人寻味，我收入了拙著《禅在红楼第几层》（中国人民大学出版社 2007 年出版）作为参考资料，大家有兴趣的话可以参阅。

有关妙玉在佚稿中的情况也许不可能说得过于仔细，涉及具体情节更需要把握分寸。曹雪芹写《红楼梦》追求什么样的精神境界和审美品位，才是红楼探佚更应该关注的。

后二十八回佚稿妙玉结局：

被迫离开拢翠庵；流落瓜州遭遇惨；美玉陷泥情何堪！

后四十回续书妙玉结局：

两尼下棋胡乱编；走火入魔情欲牵；强盗抢去报应严。

（二）秦可卿之谜

谜语一样的重孙媳妇

秦可卿在第十三回已经死去，本来不存在什么结局探佚问题。但前八十回正文和批语都留下不少情节疑点和艺术空白，反而使秦可卿成了红学一大热点，刘心武先生还发明了所谓"秦学"。

秦可卿是宁国府贾蓉的妻子，算贾宝玉的侄儿媳妇，是贾府五代人中辈分最小一辈，但无论是第五回的册子判词、《好事终》曲子，还是对她的描写，都有烟云模糊引人遐思的地方。比如一方面，她是宁国府长房长孙媳妇，也是宁荣二府中贾母"重孙媳中第一个得意之人"，生得风流袅娜美若天仙，处事温柔和平十分得体。另外一方面，又说她是秦业从养生堂抱回来的孤儿，与她的弟弟秦钟并无血缘关系，而秦业只是个小小的营缮郎，家境清寒。同时，秦业谐音"情孽"，秦钟谐音"情种"，秦可卿谐音"情可倾"，充满了隐喻意味。堂堂的国公府，怎么会有这样一个少奶奶呢？的确让人疑窦丛生。

神秘的卧室神秘的梦

贾宝玉梦游太虚幻境，看到了揭示金陵十二钗未来命运结局的"册子"，听了"红楼梦"曲子，是全书提纲挈领的大"楔子"，这样一个至关重要的情节，却发生在秦可卿的卧室。贾宝玉作为小叔叔，睡在侄儿媳妇卧室里，做了一个长长的荒诞梦，也是一个风流梦。太虚幻境的警幻仙姑，让贾宝玉在梦中"初试云雨情"，而与他发生云雨的仙女，就叫可卿，宝玉梦中叫"可卿救我"，秦可卿则纳闷自己的小名贾府的人都不知道，怎么他在梦中叫了出来？挑明梦中的可卿就是宁国府秦可卿的仙界化身。

秦可卿的卧室充满了神秘意味。墙壁上挂着明代画家唐伯虎画的《海棠春睡图》，两边是宋代词人秦太虚（秦观号太虚）写的对联：嫩寒锁梦因春冷，芳气笼人是酒香。案桌上有唐代女皇武则天当日镜室中设的宝镜，摆着汉代皇后赵飞燕立着舞蹈过的金盘，盘内放着唐代安禄山投掷过伤了杨太真（即杨贵妃，别号太真）乳房的木瓜；床榻是南朝宋武帝女儿寿阳公主睡过的，床上的连珠帐是唐懿宗女儿同昌公主用过的。这当然是用典故铺陈富丽，但这些皇后、贵妃、公主又都是以荒淫奢侈而著名的。这样写秦可卿的卧室，其寓意到底是什么呢？杨太真——秦太虚，又是"假作真时真亦假，无为有处有还无"的文字迷障，而《海棠春睡图》，又关联到以海棠为象征花卉的佚稿中"收官"的女主角史湘云……

蹊跷满满的病和死

秦可卿第五回出场，第十回生病，第十三回就死了。而对她病和死的描写，更是布满了八卦阵，让人疑窦丛生。首先，第五回的太虚幻境中秦可卿的"册子"上画的是高楼大厦，一个美人悬梁自缢，《好事终》首句是"画梁春尽落香尘"，明确秦可卿是上吊自杀。但在实际描写中，第十回"张太医论病细穷源"，讲病理，开药方，既煞有介事，又神秘兮兮，似乎是看病，又似乎是传达某种政治信息。第十三回一开头，就是秦可卿的魂魄给王熙凤托梦，一大篇荣辱自古周而复始、登高必跌重、盛筵必散的危言耸听，嘱托预筹后事，凤姐梦醒就听到报丧的云板，秦可卿死了。但对这个死讯，宁荣二府的反应却又是"合家皆知，无不纳罕，都有些疑心"。

而接下来写秦可卿的丧事，又是不合常情的怪象丛生。秦可卿的丈夫贾蓉若无其人，却写公公贾珍"哭的泪人一般"，婆婆尤氏托病不出，只好从荣国府借王熙凤过来料理丧事。后面又是买"坏了事"的义忠亲王原要用的出在潢海铁网山的稀有棺木，又是北静王等四王前来路祭，又是两个服侍秦可卿的丫鬟一个触柱自杀，一个送丧后留在了铁槛寺……出殡过程中，则有秦钟"馒头庵得趣"和凤姐"铁槛寺弄权"。紧接着又是秦业和秦钟相继死亡，贾元春奉旨回家省亲。

还有似乎要揭示内幕又遮遮掩掩的脂砚斋、畸笏叟的批语："秦可卿淫丧天香楼，作者用史笔也。老朽因有魂托凤姐贾家后事二件，嫡是安富尊荣坐享人能想得到处？其事虽未漏，其言其意则令人悲切感服。姑赦之，因命芹溪删去。""此回只十页，因删去天香楼一节，少却四五页也。"（批在第十三回开头）而针对第五回《好事终》曲子中"箕裘颓堕皆从敬"一句，有批语："深意，他人不解。"此外还有一些针对具体细节和字眼如道士上天香楼打解冤洗业醮、贾珍在"逗蜂轩"接待大太监等处的微言点评……

破解秦可卿谜团思路的关键词

面对这个疑案重重的秦可卿之谜，出现了各种破解思路，但关键词就是两个，一个是情色，一个是政治。"秦可卿淫丧天香楼"，导致"淫丧"的男方是谁？是公公贾珍，还是太公公贾敬？卧室里那些皇后、贵妃、公主的典故意象，以及北静王等四王的路祭等情节，是不是暗示秦可卿的真实身份其实是一个"公主级"人物？所谓"淫丧"的本事，是否很复杂，而涉及或牵扯着政治的豪赌？这是否又和康熙、雍正、乾隆三朝实际上发生过的争夺皇位的宫廷秘辛有某种关系，是以小说在影射历史？

不管各种具体的分析论证如何五花八门，有一些基本的认知可以确定下来。秦业、秦钟、秦可卿三个姓名的谐音隐喻是无疑的，他们确实是"情"的象征，而"情"的内涵十分丰富，其中有人性，有政治，有艺术，有历史的沉淀，有命运的反思……围绕秦可卿的各种情节描写的确可以引发许多联想。秦可卿之死和贾元春归省，共九回书，是小说的第二个单元，集中表现了家族盛衰兴亡影响贾宝玉和十二钗命运的小说之根本主题。

八、贾迎春和贾惜春结局之谜

（一）贾迎春结局之谜

后四十回续书贾迎春草草结局

　　贾家四春分别属于贾府的三个不同房分，贾元春和贾探春是贾政的女儿，属于荣国府二房；贾迎春则是贾赦的女儿，属于荣国府大房。而贾惜春则是宁国府的小姐，一出生母亲就死了，贾母照顾亲戚，让王夫人抱过来抚养。由于贾母宠爱小儿子贾政，荣国府二房成了主流派，大房反而靠边站，再加上贾元春当了贵妃，贾探春才貌双全，就使得贾迎春这位二小姐更加相形见绌。

贾迎春的结局在前八十回末尾已经基本完成，第七十九回"贾迎春误嫁中山狼"，第八十回"懦弱迎春肠回九曲"，迎春已经回贾府哭诉，说孙绍祖淫荡无度，把家里的丫鬟等都强奸了，还说贾赦欠了他五千两银子，是拿贾迎春抵债的。迎春受到百般虐待，临走时对贾府中人说不知道下次还能不能回来了。其实，这就是暗示在八十回以后，她不会再有机会回贾府了，很快就会被折磨而死。

但到了后四十回续书里，由于全部故事节奏变得缓慢，直到第一百零八回，才又写到迎春，说贾府被抄家后，贾迎春又回娘家看了一次，再返回孙家，接着就传来消息死去了，然后说"可怜一位如花似月之女，结缡年余，不料被孙家揉搓以致身亡"，"还孽债迎女返真元"，贾迎春的故事草草结束了。说"结缡年余"，就是贾迎春嫁过去只有一年多，这是衔接第五回太虚幻境薄命司里的预言:"叹芳魂艳魄,一载荡悠悠。"

后二十八回佚稿贾迎春结局

曹雪芹原著八十回以后只有二十八回,所以情节节奏很快,那是暴风骤雨从天而降,贾迎春的结局,也和贾府败亡的总体格局相互联系,就是涉及朝廷的政治斗争大背景。贾元春神秘死亡,贾迎春被虐待而死,贾探春被迫远嫁海外,都发生在一年的时间里,悲剧一个接着一个,也就是秦可卿死前给王熙凤托梦时所说"三春去后诸芳尽"。这些情节大概都会在八十五回之前就全部发生。

具体来说,在八十回后的政治风云变幻中,贾迎春的丈夫孙绍祖,见风使舵投靠了忠顺王那一派,而对参加了北静王一派的贾府落井下石,虐待迎春致死只是情节体现。孙绍祖出场时,介绍他弓马娴熟,在兵部候缺提升,这应该是八十回以后有关情节的伏笔,和朝廷的政治风云军事变故等发生关系,佚稿中会有这方面的情况,尽管不一定展开描写，而只是一种简略提到的背景，如贾探春和番的情节，就需要有与番邦发生冲突的政治演变作前提。孙绍祖在兵部等待机会，而另一处写贾雨村当了大司马，也就是兵部尚书，那么佚稿中可能会写孙绍祖和贾雨村这两个曾经受惠于贾家的人，却反过来沆瀣一气，对贾府恩将仇报。

"子系中山狼，得志便猖狂。金闺花柳质，一载赴黄粱。""子系"一方面是"这个男人是"的意思，另外一方面"子"和"系"合起来是孙的繁体"孫"字。"孙绍祖"是子孙继承了祖先德行的意思，第七十九回写贾迎春的婚事，描写贾政劝贾赦不要把迎春嫁给孙绍祖，说孙家并不是书香世家，意思是本来就不属于社会上层，没有好的家族文化传统，而是当年其祖上有求于贾府，趋炎附势攀附贾家的，但贾赦不听，一意孤行。八十回以后就要写贾府败落以后，孙绍祖落井下石，虐待迎春致死，就是遗传继承其祖上的坏德行，这就是"孙绍祖"的隐喻。当年贾家是有恩于孙家的，如今贾家势力不如以前了，孙绍祖就恩将仇报，所以用"中山狼"比喻孙绍祖，就是东郭先生救了狼，狼反而要吃东郭先生的典故。

　　贾元春回贾府省亲时演了四出折子戏，脂砚斋批语说都影射着八十回后的"大过节大关键"情节，第一出戏是清代戏曲《一捧雪》中的《豪宴》，脂砚斋的批语说"伏贾家之败"。《一捧雪》的内容，是明代中期的故事，有一个小人汤勤，投靠当权的奸臣严世蕃——就是大奸臣严嵩的儿子，陷害过去的恩人退休宰相的儿子莫怀古。《喜冤家》曲子一开头就说"中山狼，无情兽，全不念当日根由"，可见，孙绍祖将来对待贾府的态度，就和汤勤对待莫怀古一样。

　　孙绍祖是有生活原型的，第七十九回介绍他时，特别说他是山西大同人氏。曹雪芹的高祖曹振彦曾经做过山西云和知府，云和与大同相距五十公里，应该是此时曹振彦帮助过一个大同的小官僚，两家的后世子孙并结为儿女亲家，但曹家败落后，这家人反而对曹家恩将仇报，虐待嫁过去的曹家女儿。这是贾迎春这个小说人物命运的原始生活素材。

贾迎春生母之谜

贾迎春的生母是个谜。现在保留下来的多个《石头记》手抄本，第二回冷子兴演说荣国府时，关于贾迎春的来历，就有好几种不同的写法。比如一个本子作"赦老爹前妻所出"（甲戌本《石头记》），另一个本子作"赦老爷之女，政老爷养为己女"（己卯本《石头记》），还有的本子作"赦老爷之妾所出"（蒙古王府本和戚蓼生序本《石头记》），焦点是她的生母是贾赦的"前妻"还是"妾"。由于贾探春对自己是小老婆所生耿耿于怀，而贾迎春似乎没有这方面的心理障碍，因此贾迎春生活原型的生母，可能是贾赦生活原型的前妻。曹雪芹一开始写的时候，是按照生活的本来面貌，写成冷子兴说贾迎春是贾赦"前妻所出"的，但后来写着写着，为了写作上的需要，就改成了妾所生。证据是后面贾迎春的奶妈偷了贾迎春的首饰，贾迎春的继母邢夫人指责贾迎春各方面都不如贾探春，并说你们两个的生母出身一样，从前看你娘比贾探春的生母赵姨娘强得多，怎么你反而不如贾探春呢？这样贾迎春就成了小老婆生的了，而且续弦的邢夫人见过已经死去的贾迎春的生母，才能和赵姨娘做出比较。但由于贾迎春的生活原型并不是小老婆生的，所以也就没有写她像贾探春那样有庶出的自卑感。

贾迎春下棋之谜

贾家四春分别擅长琴棋书画中的一种艺术，贾迎春会下棋，而且是个高手，有哪些情节表现了这一点呢？写她会下棋又有什么意义呢？迎春的两个丫鬟分别叫司棋和绣橘，都是下棋的意思。绣橘就是一盘好棋，有一个古老的神话说仙人在橘子里面下棋，橘又和一局棋的"局"谐音，所以橘可以指棋，比如象棋谱叫"橘中秘"。第七回送宫花时，就写贾迎春在下棋，后面又有贾迎春提亲后搬出了她在大观园的住处紫菱洲，贾宝玉看到人去楼空的凄凉情景而作诗怀念，其中特别写"燕泥点点污棋枰"，说明贾迎春最大的嗜好就是下棋。

贾迎春擅长棋艺，有两方面的象征意思。首先，下棋是争斗的游戏，围棋的黑子和白子互相竞争，这可以比喻贾迎春和孙绍祖夫妻关系不和睦，就像第二十二回贾迎春曾经作诗谜所说："天运人功理不穷，有功无运也难逢。因何镇日纷纷乱？只为阴阳数不同。"小说中贾政猜是算盘，迎春回答对。其实这里面有微妙的人情世故：谜底其实是围棋，但对于长辈贾政猜是算盘，迎春也只能回答猜对了。当然，"阴阳"既可以指围棋的黑白棋子，也可以指算盘的上下子，同时隐喻夫妻关系。其次，下棋，在传统文化中又有看破红尘与世无争的寓意，就是所谓"观棋柯烂"。说有一个樵夫进山砍柴，看到两个人下棋，就看住了，等一局棋下完，扔在旁边的斧头的木柄也就是"柯"已经腐烂了，因为这是两个仙人在下棋，山中方一日，世上已千年。一局棋下完，人间已经过去好几百年了。所以在魏晋时期，下围棋又被那些高人雅士称为"坐隐"和"手谈"——就是坐着下棋可以进入一种超脱世俗的境界，两个人通过下棋互相了解对方的心思。

　　这就可以和贾迎春的性格命运挂上钩，迎春性格懦弱，采取与世无争的处世态度，她沉迷于下棋其实也就是在逃避现实生活中的纠纷矛盾。比如她的奶妈偷她的首饰，丫鬟婆子之间争锋斗气，大丫头司棋带人去砸大观园的小厨房，迎春都不闻不问，只一心读《太上感应篇》——一部劝人相信因果报应的道教劝善书。但就是这样一位超然物外事事退让的善良的弱女子，却嫁了一个凶恶狠毒的丈夫，被虐待而死，她的悲剧命运就格外引人深思，发人深省，让人同情，有了更深的艺术内涵。

贾迎春的大家闺秀风范

虽然贾迎春懦弱，但前八十回还是写她是一个大家闺秀，基本的文化修养都具备，并非时时处处都露怯，而也写了她许多美好的方面。比如贵妃娘娘贾元春送出一个灯谜让弟兄姐妹们猜，别人都猜着了，只有迎春和贾环猜错了，贾环感到非常没面子，而迎春则认为是玩笑小事，毫不介意。这样就写出了贾迎春的大方大气，是千金小姐而不是小家碧玉。

刘姥姥游大观园的时候，大家说酒令，贾迎春说错了，但作者立刻交代那是王熙凤安排故意让她说错的，以便下面捉弄刘姥姥出洋相逗贾母高兴，并不是表现迎春智商低连个酒令也说不好。贾元春归省时让姐妹们作诗，后来又送出灯谜让大家也作诗谜，贾迎春都完成得不错，虽然艺术上一般，但是也中规中矩。

前八十回还特别写了一个很有诗意的情节，就是在作菊花诗前，描写贾宝玉和各位姐妹在大观园里玩，人人自得其乐，而写贾迎春，是"独在花阴下拿着花针穿茉莉花"。就这一笔描写，生动地表现出迎春内心那种对人生美好境界和诗意生活的向往追求，因而也更衬托出她最后遭遇不幸的结局是一种美的毁灭，充满了深刻的悲剧美意味。

后二十八回佚稿贾迎春结局：

《一捧雪》里中山狼；兵部候缺费思量；吞噬贾家二姑娘。

后四十回续书贾迎春结局：

美女遭恶狼；嫁后一载亡；数语报悲伤。

（二）贾惜春结局之谜

后四十回续书中的贾惜春

贾家四春中的小妹妹贾惜春，在林黛玉进贾府的时候和迎春、探春一起出场，对迎春和探春都有比较详细的外貌和性格描写，对贾惜春，则只有一句"身量未足，形容尚小"，突出她是最年幼的一个女孩。后来对她的描写也不多，主要的故事有两个，一个是她爱好和擅长绘画，刘姥姥游了大观园以后，贾母兴致很高，让贾惜春画一幅大观园行乐图；二是抄检大观园的时候，抄出了她的丫鬟入画没有告诉主人而私自替哥哥保存银子，这本来是个小错误，而贾惜春却冷心冷面，坚决固执地赶走了入画，并因此和嫂子尤氏吵架，所谓"矢孤介杜绝宁国府"。此外就是通过一些小情节，暗示她最后的结局是出家当尼姑。

后四十回对贾惜春的描写增加了，主要是抓住前八十回暗示她将要出家当尼姑的伏笔，而设计了一些情节。前面讲妙玉时已经例举过贾惜春和妙玉一起下棋的情节，贾宝玉来了，妙玉脸红，表现出六根未净的样子，而贾惜春则看破了红尘，真心向往佛教。后面妙玉走火入魔，梦中惊醒，又哭又闹，说有强盗要抢她。贾惜春听说了，心里却想："妙玉虽然洁净，毕竟尘缘未断。我若出了家时，那（哪）有邪魔缠绕，一念不生，万缘俱寂。"并有所感悟，而作了一首偈语："大造本无方，云何是应住。既从空中来，应向空中去。"

　　第八十七、八十八回又写惜春钻研围棋谱，从中悟出了佛理，接着又抄写佛经，替贾母积阴德。后来贾府被抄家了，妙玉真的被强盗抢走了，贾惜春出家的志向更加坚定。第一百一十五回终于迫使婶娘王夫人和嫂子尤氏同意她出家，但王夫人有条件，是不剃头发，带发修行，也没有离开贾府，实际上惜春成了妙玉的替身。

　　同时，原来服侍林黛玉的丫鬟紫鹃，因为怀念死去的林黛玉，也看破了红尘，自愿跟着贾惜春出家当了尼姑，也就是说惜春虽然出了家，仍然不失小姐身份，有丫鬟服侍。

续书中的这些写法，不符合前八十回的人物性格逻辑。讲妙玉时已经说过，妙玉性格孤傲，眼光极高，而贾惜春，冷心冷面，是所谓孤介，妙玉和贾惜春，这样两个人，根本不可能走到一起。续书只从两个人都是尼姑的表面现象出发，胡乱牵合，不足为训。同理，紫鹃是热心肠，乃林黛玉的知音，也不可能忽然跟随冷漠的贾惜春去出家。再说琴棋书画，总体设计是贾家四春各自擅长一种艺术，贾惜春是绘画，续书却写她钻研棋谱，属于设计情节粗疏马虎。又把头发看得很重，仍然住在贾府，不失小姐身份，更违背了前八十回"家亡人散各奔腾"的总体结局。

后二十八回佚稿贾惜春结局

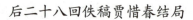

那么曹雪芹的后二十八回里，贾惜春的情况是怎么样的？前八十回的"草蛇灰线"和脂砚斋的批语，提供的是这样的轮廓：

贾惜春最后的结局是出家当尼姑，这没有疑问。因为伏

笔很多。比如前面提到过的，第一次描写贾惜春的情节，就说她和小尼姑智能在一起玩，接过送来的宫花，就玩笑说赶明儿也要剃了头发当姑子去，要是剃了头发，就没处戴花了。又比如她作的灯谜，谜底是庙里佛像前面的大油灯，说"前身色相总无成，不听菱歌听佛经"，菱歌就是古代的采莲曲，表现男女情爱，不听菱歌，却去听佛经，当然是要出家当尼姑了。但曹雪芹后面将怎样具体写贾惜春出家当尼姑呢？

贾府被抄家，那是"忽喇喇似大厦倾"的大灾难，家产全部被抄没，房产没收，贾家人被抓捕、变卖，那时候就是想出家，也不可能了。所以贾惜春出家，应该是在贾家覆灭的前夕。前面讲过秦可卿死前托梦给凤姐就说"三春去后诸芳尽，各自须寻各自门"，意思就是贾元春和贾迎春死去，贾探春远嫁之后，贾家就面临大祸临门山雨欲来的严峻形势，每个人都在考虑退路了。贾惜春应该是这个时候而离开贾府出家为尼的。她的"册子"上面画着一座古庙，一个美人在里面念经，判词是："勘破三春景不长，缁衣顿改昔年妆。可怜绣户侯门女，独卧青灯古佛旁。""三春景不长"正是比喻她的三个姐姐都结果不好，启发了贾惜春，她又本来就性格孤僻，所以看破了。

贾惜春和她嫂子尤氏吵闹时就说过，自此以后，你们有事，别累我，我清清白白的一个人，为什么教你们带累坏了我！我只知道保得住我就够了。这还是王夫人派人抄检大观园的事情刚发生一两天的时候，贾惜春对家族未来的命运已经看得这样清楚，到了八十回以后，目睹了三个姐姐的不幸结局，她当然就更加清醒决绝了，她果断地离开了贾府，走向庵庙，换上尼姑的缁衣。脂砚斋的批语说："公府千金至缁衣乞食，宁不悲乎！"这明确说贾惜春落到了"缁衣乞食"的地步，就是穿着黑色的尼姑衣服，到别人家里去化缘讨口饭吃。

薛宝琴曾经作了十首怀古诗，其实分别暗示十二钗结局。其中第十首《梅花观怀古》是说贾惜春："不在梅边在柳边，个中谁拾画婵娟？团圆莫忆春香到，一别西风又一年。"

表面上，这是以《牡丹亭》的内容作为"怀古"歌咏对象的。情节是小姐杜丽娘死前画下了自己的真容，藏在梅花观旁边的假山石里，后来书生柳梦梅发现了这幅画，与杜丽娘的鬼魂幽会，最后杜丽娘还魂复活，两个人结为了夫妻。寺观指佛道的庙宇，用"梅花观"作标题，就是照应贾惜春要当尼姑的身份。杜丽娘和柳梦梅的故事情节很多，这里偏偏选择杜丽娘作画这个情节咏叹，也是为了影射贾惜春。就是杜丽娘会画画，而贾惜春也是十二钗中的画家，杜丽娘画自己的肖像，贾惜春也画过大观园行乐图，但没有画完贾府就被抄家了。所以"不在梅边在柳边，个中谁拾画婵娟"这两句诗，应该是伏笔后二十八回的故事，当年贾惜春没有画完的大观园行乐图，在家破人亡后偶然又被发现了，过去的荣华和今天的落魄形成了鲜明的对比，令人感慨万千。后两句中的"春香"是杜丽娘的丫鬟，但在《牡丹亭》中并没有杜丽娘怀念春香的情节，这两句诗其实就是针对贾惜春的，她在历经苦难后，想起了当年被自己执意赶走的丫鬟入画，心里面感到一种内疚和后悔。

后二十八回佚稿贾惜春结局：

大厦将倾决然去；缁衣乞食过长街；夜梦当年入画来。

后四十回续书贾惜春结局：

拢翠庵，红梅开；妙玉去，紫鹃来；带发修行亦快哉。

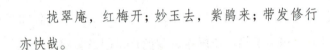

九、王熙凤和贾巧姐结局之谜

后四十回续书王熙凤和贾巧姐结局

王熙凤和贾巧姐是母女两个，命运紧相关联，所以在十二钗的排序里被排在第九和第十。王熙凤是曹雪芹写得最生动的一个人物，其实是和贾宝玉并驾齐驱的全书"双主角"，所占的篇幅自然不少。当然也有谜团，谜团出现的一个根本原因，还是由于后四十回续书与曹雪芹佚稿构思和写法都差别颇大。

后四十回写王熙凤情节相当多，主要的是这样几件事：

1.策划"调包计"，导致"黛死钗嫁"。（第九十六回）

2.王熙凤在大观园中行走，遇到了一只大狗，吓了一跳，紧接着看到了秦可卿的鬼魂，更吓得绊了一跤。后面写娘家哥哥王仁贪婪无行，贾琏向凤姐抱怨。贾琏和凤姐的夫妻关系由原来的阴盛阳衰逐渐变成阳盛阴衰。凤姐又去散花寺抽签，上面写着"王熙凤衣锦还乡"，薛宝钗认为是不祥之兆。（第一百零一回）

3.贾府被抄家，罪行之一是王熙凤违背规定放高利贷牟利，贾琏凤姐的财产被抄没，王熙凤晕倒，病得奄奄一息。不过贾母仍然疼爱凤姐，给了她三千两银子，但此时已经是贾琏说了算，凤姐不主事了。（第一百零六回）

4.贾母去世，王熙凤主持丧事力不从心，在家族里面受到上下挤对，脸面尽失，所谓"王凤姐力诎失人心"。（第一百一十回、第一百一十一回）

5.王熙凤内外交困，病危中把自己的女儿贾巧姐托付给

刘姥姥，所谓"忏宿冤凤姐托村妪"。（第一百一十三回）

6. 王熙凤病死，死前不住嘴说些胡话，要船要轿的，说要回金陵归入册子去，回目叫"王熙凤历幻返金陵"。（第一百一十四回）

7. 王熙凤死后，贾琏去流放地看望贾赦，贾府中没了主事的男人，贾环和贾蔷、贾芸以及巧姐的舅舅王仁合谋，要把贾巧姐卖给外藩王室做侍妾。在刘姥姥和平儿运作下，平儿和巧姐跑到乡下刘姥姥的女婿王狗儿家躲藏了几天。（第一百一十八回、第一百一十九回）

8. 贾环和王仁等谋卖贾巧姐的事情失败，刘姥姥作伐，把贾巧姐许配给了乡下一个周姓大财主的儿子，"家财巨万，良田千顷，只有一子，生得文雅清秀，年纪十四岁，他父母延师读书，新近科试中了秀才"。（第一百一十九回）

比照前八十回的"草蛇灰线"和脂砚斋批语等伏笔透露的消息，这些描写或者胡编乱造，或者似是而非，不符合曹雪芹的原意。首先，写王熙凤策划"调包计"，导致"黛死钗嫁"属于胡编乱造，前面讲贾宝玉时已经谈过，简单地概括，一是王熙凤从自己的利益得失出发，她赞成贾宝玉娶林黛玉而非薛宝钗，因为林黛玉当了宝二奶奶则王熙凤可以继续在荣国府二房当家。二是原著写宝玉婚姻和家族内斗互为因果，而王熙凤、贾宝玉、林黛玉其实属于同一条阵线。因此绝不可能有什么王熙凤导致宝黛爱情悲剧发生的"调包计"。此外，贾家的内斗和最后被抄家败落的情况，后四十回续书都与曹雪芹的后二十八回所写完全不同，在这两种差异很大的背景中，作为贾府内当家的王熙凤，她的遭遇结局等故事情节自然也就不一样了。王熙凤之死和贾巧姐遇难的故事，续书也是只求在字面上能和第五回的"册子"判词矛盾不过于明显而敷衍成章，完全经不起仔细推敲。

后二十八回佚稿王熙凤和贾巧姐结局

1. 王熙凤判词之谜

一个谜团是如何理解第五回"册子"上王熙凤判词的预示。"册子"上面画着一片冰山，上面一只雌凤，判词说："凡鸟偏从末世来，都知爱慕此生才。一从二令三人木，哭向金陵事更哀。"

　　冰山用唐朝杨贵妃、杨国忠的典故，象征贾元春当贵妃，贾府的权势更上一层楼，但实际上好像冰山，容易消融。雌凤也就是"凡鸟"合成一个"鳳（凤）"字，指王熙凤，王熙凤倚靠"冰山"当权管家，其实好景不长，前面讲贾元春时说过。第二句赞美王熙凤精明强干，很有才能，博得大家赞美。刘姥姥一进荣国府时，王夫人的陪房周瑞家的就在刘姥姥面前对王熙凤赞不绝口，说她少说也有一万个心眼子，可以代表贾府的公众舆论。

　　关键问题是如何理解判词后两句，这两句正是说王熙凤的结局。特别是第三句，旁边有脂砚斋的批语，说是"析字法"（抄本上写作"折字法"，过去一般理解"折"乃"拆"之误，詹健作俗字考证认为应是"析"，甚是）。过去的一般解释，说这"析字法"就是"三人木"中的"人木"两个字，是个"休"字，所以全句是说王熙凤嫁到贾府后的三个阶段。第一个阶段是"一从"，就是刚嫁过来时很得到丈夫公婆等的欣赏，或者说贾琏和王熙凤夫妻关系很好；第二个阶段是"二

172

令",就是王熙凤被从大房借到二房成了内当家,发号施令;第三个阶段是"三人木"——休,就是在八十回以后,随着家族内部复杂形势的演变,王熙凤的命运急转直下,到了第三个阶段,被贾琏给休掉了,就是强迫离婚了,然后哭着回金陵的老家去,很悲惨——哭向金陵事更哀。

不过,这种解释也有问题,就是把"一从二令三人木"分成三段,在"从"和"令"后面打顿号,这不符合七言绝句这种古体诗的句法规律,而像打油诗了。实际上这一句诗的句法结构应该像毛泽东的诗句"一从大地起风雷",和薄命司"册子"中副册之首香菱的判词"自从两地生孤木","一从"的意思就是"自从"。而"析字法"也不仅析"人木"这两个字,而是"二令三人木"的全部内容,正像"自从两地生孤木"就是析"桂"字,比喻薛蟠娶了夏金桂后,香菱就遭到了厄运。

那么,"二令三人木"析什么字呢?应该是"冷俫"两个字,当然,现在"俫"简化成"俫"了。"二令"是"冷","三人木"是"俫",全句就是说"自从冷人来"后,王熙凤就"哭向金陵事更哀"了。那么谁是"冷人"呢？首先我们会想到薛宝钗，她喜欢吃冷香丸，为人处世十分理性，是个冷美人，而一旦薛宝钗成了贾宝玉的妻子，从大房借过来管家的王熙凤就结束了自己的历史任务，应该把管家的钥匙交给二房的儿媳妇宝二奶奶了。王熙凤回到大房，她和公婆关系不好，因为尤二姐的事和丈夫贾琏的关系也破裂了，她当然就逐渐走向了末日。

但前八十回还写到一个"冷人"，就是绰号"冷郎君"的柳湘莲，而这个柳湘莲，又是个喜欢扮演小生一类角色的戏曲票友，"俫"正是指戏曲中十几岁以下的男性角色，叫俫儿。又是冷郎君，又是俫儿，完全符合"二令三人木"的"析字法"。而这个柳湘莲，和王熙凤有一种间接的冤仇，就是他是尤三姐的爱人，而尤三姐的姐姐尤二姐却是被王熙凤害死的。在红楼二尤的故事中，特别写过死去的尤三姐两次托梦，一次是托梦给柳湘莲，向他表达真情；还有一次是托梦给尤二姐，她手里拿着柳湘莲给她的定亲礼物鸳鸯剑，要尤二姐用鸳鸯剑杀死王熙凤。这很耐人寻味。同时，脂砚斋的批语说"柳湘莲一干人"在八十回以后将"日后作强梁"，也就是将以江湖好汉的身份再出现，柳湘莲武艺高强，也有作强梁的本领。那么，在"柳湘莲一干人"以"强梁"的面目出现时，其中会有尤二姐前夫张华，根据前面的描写，这个人也是符合"作强梁"的条件的。张华和柳湘莲找王熙凤为尤二姐报仇的情节是顺理成章的，当然具体情节怎么写不必讨论，那就成了文学再创作，不是探佚研究了。所以我认为，"一从二令三人木，哭向金陵事更哀"的情节包含了以上一些内容。这里面当然涉及"柳湘莲一干人""日后作强梁"的情节和朝廷两派政治斗争的交叉关系等等，我们可以想象其大体梗概，但不必过于求细。

2. 佚稿王熙凤结局梗概

根据前八十回的种种铺垫，后二十八回中王熙凤的命运走向大概是这样一种梗概：

贾家逐渐面临全面的危机，主要是三个方面，一是经济方面，贾家的经济情况越来越不好，入不敷出，难以支撑；

二是政治方面，贾府在朝廷的政治地位日渐下降，同时朝廷两派政治力量的争斗也日趋激烈，贾府不由自主地深深卷入；三是贾府内部争夺财产继承权和管理权的斗争渐渐发展到白热化的程度。而王熙凤，作为贾府的内当家，这几方面的矛盾纠纷都在她身上得到体现，她成了风口浪尖上的焦点人物，遭遇各种不幸的经历。

这在前八十回有很多伏笔伏线，特别是第七十二回，回目叫"王熙凤恃强羞说病，来旺妇依势霸成亲"，就鲜明地暗示了后面王熙凤将面临的处境和遭遇。这一回有这样几个故事：

一是王熙凤生病了，而且是大病，但自己还逞强，这是通过平儿和鸳鸯的对话来透露的。

二是写贾琏见鸳鸯来了，乘机向她借当，就是请求她把贾母的东西偷偷拿出一些来当银子支持家用，王熙凤也和家人仆妇说了许多贾家入不敷出的困难情况，连筹措贾母过生日的钱也是当了几箱子东西才凑出来的。

三是正说着呢，就有一个太监来借银子敲诈勒索，王熙凤当着太监做了一番表演，让人拿出自己的金项圈去当了银子给太监，表示贾府实在已经穷得靠当东西来维持支应了。

四是王熙凤的陪房来旺家的来找王熙凤，因为看上了王夫人的丫鬟彩云，想娶来做儿媳妇，但彩云的父母不答应，因为来旺家的儿子吃酒赌博不争气，来旺家的请求王熙凤去和彩云的父母说。陪房就是王熙凤当年从王家嫁到贾家时带来的仆人，关系不同一般，王熙凤叫来彩云的母亲一说，彩云的父母虽然内心不愿意，也只能答应。但紧接着写彩云其实和贾环好，贾环的母亲赵姨娘晚上就和贾政说，要把彩云给贾环做小妾。当然文章写得很巧妙，用窗屉子忽然掉下来截断了贾政和赵姨娘的进一步谈话，留下了悬念。但很明显，这是伏笔，就是彩云将来到底是配给以王熙凤作靠山的来旺家的儿子，还是要给贾环做小妾，王熙凤和赵姨娘之间将展开一场恶斗，赵姨娘有贾政作靠山，王熙凤很可能斗不过赵姨娘。

五是很快又写王熙凤的婆婆邢夫人以贾琏、王熙凤通过鸳鸯拿出贾母的东西为借口，向贾琏、王熙凤要二百两银子。而鸳鸯因为不愿意做贾赦的小老婆，曾经和贾赦、邢夫人发生过激烈冲突。所以王熙凤担心将来贾赦和邢夫人会借口鸳鸯和贾琏有私情、偷贾母的东西而报复鸳鸯。

可以看出，第七十二回的每一个故事情节，都引逗着后面的激烈冲突：贾家的财政越来越困难，因此也无力应对与朝廷中各种势力的礼尚往来以及敲诈勒索，贾府在朝廷中的政治地位和影响当然日益下降，贾府内部赵姨娘和邢夫人两种反对派势力将兴风作浪，等等，而这些，都围绕着王熙凤这个荣国府的管家婆为风暴漩涡中心。第七十二回后面几回，就紧接着写贾母查仆人赌博，王夫人在邢夫人陪房王善保家的唆使下抄检大观园，贾母过生日引发贾府的内斗更加激化，如邢夫人当着许多人给王熙凤没脸，赵姨娘在拉帮结派，暗中积蓄力量，邢夫人和王夫人的两家陪房互相较劲，都展示了一种"山雨欲来风满楼"紧张形势的逼近，而王熙凤，就是大风暴中将受到冲击而倒下去的一个大靶子。

结合前面各讲宏观鸟瞰，八十回后王熙凤的命运，将发生以下一些变故：贾母由于听到娘家史家被抄家，受到严重打击，突然病危或死去，王熙凤失去了靠山；薛宝钗成了贾宝玉的媳妇，王熙凤把管家的权力交给了宝钗，自己回到了大房，受到贾赦、邢夫人的恶待；柳湘莲和张华找王熙凤为尤二姐报仇的情节发生——凤姐买嘱张华状告贾琏在国丧家丧期间偷娶尤二姐还操纵官府又大闹宁国府的事情败露，当然具体写法会很曲折复杂，不能说得很具体，总之贾琏和王熙凤的关系进一步恶化了；也由于尤二姐的事情，宁国府的贾珍、尤氏和王熙凤的关系也早已破裂，这时更是雪上加霜而墙倒众人推；在彩云的问题上，赵姨娘靠贾政的力量，战胜了王熙凤，并且乘势进攻，揭发王熙凤的许多问题；王熙凤落到了四面楚歌的境地，可能被贾琏休弃了。

王熙凤将被休，前八十回有伏笔，如王熙凤为尤二姐的事情到宁国府大闹，就对尤氏说："我来了你们家，干了什么不是，你们这等害我？或是老太太、太太有了话在你心里，使你们作这个圈套，要撵我出去。如今咱们两个一同去见官，分证明白。回来咱们公同请了合族中人，大家觌面说个明白。给我休书，我就走路。"王熙凤当日这些撒泼的话，在尤二姐之死的种种内幕被揭发出来后，就真的一一兑现了。王熙凤暗中指使人到衙门里去状告自己的丈夫，这是传统家族礼法绝对不允许的，单这一项，就犯了七出之条——妻子被丈夫休掉的七种行为。

第二十一回有一条脂砚斋的批语，说八十回后有一回叫"王熙凤知命强英雄"，说那时候贾琏和王熙凤夫妻反目，而王熙凤"身微运蹇"，并且感叹"展眼何如彼耶，人世之变迁如此光阴"。很显然，王熙凤已经是"强英雄"，强项挣扎了。还有一条脂砚斋的批语说王熙凤"回首时无怪乎其惨痛之态"，"回首"就是死的意思。可见八十回后是要写到王熙凤死的，而且死得"惨痛"。这样我们再回头看看第五回预示王熙凤命运的曲子《聪明累》："机关算尽太聪明，反算了卿卿性命。生前心已碎，死后性空灵。家富人宁，终有个家亡人散各奔腾。枉费了意悬悬半世心，好一似荡悠悠三更梦。忽喇喇似大厦倾，昏惨惨似灯将尽。呀！一场欢喜忽悲辛，叹人世，终难定。"

"机关算尽太聪明，反算了卿卿性命。"这两句形容王熙凤的曲子词，现在已经成了表现聪明反被聪明误的流行语。王熙凤是贾府经历"忽喇喇似大厦倾"家族毁灭悲剧中最核心的一个人物，她管理贾府那样一个大家族，费尽心机，有功有过，但终于没有能够挽救家族的灭亡，她本人的某些行为也是家族败落毁灭某种程度上的动因。"生前心已碎，死后性空灵。家富人宁，终有个家亡人散各奔腾。"既有对王熙凤的同情赞叹，也有感慨和遗憾。小说写家族内斗中王熙凤终于落败而被贾琏休弃，接着贾府被抄家，亲生女儿巧姐不知下落，让王熙凤揪心伤肺，最后写到她的惨死，"反算了卿卿性命""死后性空灵"，说得很清楚。这里说一下"枉费了意悬悬半世心"，一般的本子都是"枉费了意悬悬半世心"，根据周汝昌先生的研究，曹雪芹写的是"意悬悬"，就是很操心的意思，但由于"悬"字比较生僻，在抄写流传的过程中，被抄成了"懸"（悬的繁体字）。

　　总体来看，曹雪芹后二十八回佚稿中的王熙凤结局，比后四十回续书中写的，情节要复杂得多，冲突要激烈得多，下场更悲惨，但也有一种英雄末路的悲壮感。曹雪芹虽然也写了王熙凤一些恶劣的行为，特别是贾瑞和尤二姐都死在她的手里，还接受三千两银子贿赂而破坏婚姻，导致两个已经订婚的青年男女自杀，但更突出地描写了王熙凤才貌双全，有杰出的管理才能，在贾府那样一个大家族中当家，的确也是非常不容易的。

曹雪芹通过许多艺术手段，把王熙凤写成一个"脂粉队里的英雄"，所谓"金紫万千谁治国，金钗一二可齐家"。"金紫"是指男人，"金钗"是指女性，说王熙凤比那些峨冠博带的男人强多了，很了不起，她的美丽和才能最后被命运残酷地毁灭了，是值得痛惜的事情。所以曹雪芹对王熙凤的最后定位，是一个让人一掬同情之泪的被不幸命运碾碎了的女英雄，是"薄命司"里的一员。

3. 佚稿中贾巧姐结局

王熙凤死不瞑目的事情，是她的女儿贾巧姐的命运。后四十回续书里，王熙凤死后，贾巧姐也有一些遭遇，但有惊无险。

第五回的"册子"判词里，对应贾巧姐的那一幅：上面画着一个乡村妇女在纺线，判词说："势败休云贵，家亡莫论亲。偶因济刘氏，巧得遇恩人。"

　　意思很明白，在贾家被抄家以后，贾家的人都不肯帮助落难的巧姐，这就是"势败休云贵，家亡莫论亲"。只有当年王熙凤偶然资助过的刘姥姥，成了巧姐的救命恩人，所以说"偶因济刘氏，巧得遇恩人"。而巧姐最后的结局，是成了一个普通的农村妇女。这与后四十回续书的写法差别极大。续书写巧姐并未遭遇实质性的灾难，只是虚惊一场，而最后又嫁给了周姓大财主的儿子，已经中了秀才，将来再考举人、进士，巧姐还是要做官太太的，并不是在乡村终老。

　　那么，在曹雪芹的后二十八回，贾巧姐的具体情况是什么样子呢？首先，贾家的败落是覆巢之下安有完卵的大毁灭，贾巧姐遭遇的苦难要严重得多，可能是被卖到了妓院。第一回的《好了歌解》中有一句话："择膏粱，谁承望流落在烟花巷。"说的应该就是贾巧姐的遭遇。后来有了机会把贾巧姐花钱赎出来，但贾府有能力的亲戚却不肯出力，最后是刘姥姥砸锅卖铁，把巧姐救了出来。巧姐这时已经不是小姐，而是曾经堕落烟花的下贱女子，要嫁出去也很困难，所谓"只缘占得风流号，惹出纷纷口舌多"（薛宝琴怀古诗之《广陵怀古》），她的结局是成了刘姥姥外孙王板儿的妻子，所以"册子"上面就画一个在乡村纺线的村妇了。

这在第四十二回刘姥姥二进荣国府时有很明确的伏笔。因为巧姐生在七月初七乞巧节，是牛郎织女一年一度鹊桥相会的日子，不是很吉利，所以贾琏和王熙凤一直没有给巧姐起名字，只叫大姐儿。刘姥姥来了，逗得贾府全家的人都很高兴，临走时王熙凤就让刘姥姥给自己的女儿起个名字。因为刘姥姥出身寒苦，按照迷信的说法，出身寒苦的人命硬，鬼神都不欺负，所以王熙凤说刘姥姥起的名字"压得住"，就是能经受住命运的坎坷。刘姥姥就说用"以毒攻毒"的法子，生在乞巧节，就叫她巧姐，将来必然能够逢凶化吉遇难成祥。凤姐很高兴，巧姐的名字就这样定了下来。

前面还有一个象征意味非常明显的情节，就是刘姥姥的外孙王板儿本来拿着一个佛手玩，王熙凤的女儿拿着一个柚子玩儿，大姐儿也就是巧姐看见了佛手，就哭着要，大人们就哄着王板儿，用大姐儿的柚子换过佛手给了大姐儿。脂砚斋的批语画龙点睛地说："小儿常情，遂成千里伏线。""以小儿之戏暗透前后通部脉络，隐隐约约，毫无一丝漏泄。"很明显，王板儿和贾巧姐互相交换柚子佛手的情节，就是"千里伏线"到后面刘姥姥救出巧姐，巧姐最后嫁给了板儿的故事。作家选用佛手这种水果，当然有佛祖伸手援救的双关寓意，那佛手就是刘姥姥的手啊！

那么贾巧姐落难的故事，前八十回还有哪些透露呢？第五回暗示巧姐未来命运的《留余庆》曲子这样说："留余庆，留余庆，忽遇恩人；幸娘亲，幸娘亲，积得阴功。劝人生，济困扶穷，休似俺那爱银钱忘骨肉的狠舅奸兄！正是乘除加减，上有苍穹。"

这里面的意思很明白，王熙凤由于"济困扶穷"资助过贫穷的刘姥姥，是"积得阴功"，给贾巧姐留下了"余庆"，所以能在落难后被"恩人"所救，这个恩人当然是刘姥姥。

"乘除加减，上有苍穹"就是善有善报恶有恶报的意思。刘姥姥救巧姐，过程当然很曲折，其中的一个重要故事发生在"嶽神庙"（"嶽"和"狱"字形接近，故又有"狱神庙"一说）。脂砚斋的批语说："嶽庙相逢之日，始知'遇难成祥逢凶化吉'实伏脉千里。""嶽庙"是"嶽神庙"的简称，贾宝玉也有"嶽神庙"遭难的故事，可能刘姥姥救了贾巧姐，和王板儿在"嶽庙相逢"，而贾宝玉和史湘云也在"嶽庙相逢"。这两对"双星"悲欢离合的故事交织在一起写，其中的具体情节，那就留给读者自己去想象了。

《留余庆》曲子中还有一句关键性的话"休似俺那爱银钱忘骨肉的狠舅奸兄"，这是说在贾巧姐落难的时候，有"狠舅奸兄"因为"爱银钱忘骨肉"，不肯营救，甚至就是他们把巧姐卖到了妓院里。前八十回写到王熙凤有个哥哥王仁，他是巧姐的舅舅。那么在后二十八回里，"狠舅"就是这个王仁。那么，"奸兄"是谁呢？

后二十八回佚稿王熙凤和贾巧姐结局：

大厦倾凤姐枉费半世心；被休弃痛哭凄惨返金陵；惨回首苦念亲女难闭目；狱神庙巧姐获救嫁板儿。

后四十回续书王熙凤和贾巧姐结局：

凤姐力诎失人心病死；巧姐虚惊配佳婿转运。

十、李纨和贾兰结局之谜

贾宝玉有个哥哥贾珠，但早已去世，留下了寡妻李纨和儿子贾兰，所以李纨是贾宝玉的寡嫂。小说在林黛玉刚进贾府时，就写了一篇李纨小传，说李纨的父亲叫李守中，曾经是国子监祭酒，就是国家最高学府的校长。但这个校长却说"女子无才便有德"，并没有让李纨读太多的书，只是读了《列女传》等教育女子要遵守礼教的几本书。"李守中"就是谨守中庸之道的意思，所以李纨出身于一个书香世家，受到严格的儒家文化主要是道德礼教的规范教育。因此李纨虽然青春守寡，心境却如槁木死灰一样，也就是把自己的感情欲望全部压抑了，是一个严守礼教的好媳妇。她的生活就是抚养儿子贾兰，侍奉太婆婆贾母和婆婆王夫人，陪伴小姑子们做针线活读书，消遣时日。从作家给小说人物起名字这个角度看，李纨的名字"纨"，意思就是像白色的丝绢一般，象征其思想道德性格状态。

在前八十回里，李纨没有多少独立的故事情节，但出场的机会很多，因为她是大观园的女班长，姐妹们的头儿。比较重要的情节，一是贾探春倡议起诗社，李纨积极赞助，并担任社长；二是王熙凤生病时，王夫人让李纨和贾探春代理了一段家务，当了几天临时管家，名义上李纨是一把手，贾探春是二把手，但实际上是贾探春主事，后来搞改革，也是贾探春主导，李纨协助。曹雪芹给李纨一个基本定位是"尚德不尚才"，没有管理才能。这是小说一开始就显示的：李纨虽然是二房的儿媳妇，最具有管家的合法性，在二房当家的却是从大房借过来的王熙凤。

后四十回续书李纨和贾兰结局

李纨在八十回以后的结局，也存在后四十回续书与曹雪芹后二十八回佚稿两种不同的情况。在后四十回里，由于贾府被抄家时主要是宁国府和荣国府大房遭殃，而荣国府二房保留了财产，所以李纨在经济上损失不大。在王熙凤死后，李纨的儿子贾兰和贾宝玉去参加科举考试，贾兰也中了举人，而贾宝玉出走后，王夫人年老，薛宝钗也守寡，李纨实际上就成了贾府的女主人。贾宝玉离家前对李纨说："日后兰哥还有大出息，大嫂子还要带凤冠穿霞帔呢。"（第一百一十九回）就是预示将来贾兰要当大官，使他的母亲李纨也得到了朝廷的封诰。后来薛宝钗也要生一个儿子，叫贾桂，李纨和薛宝钗两位节烈母亲，抚养两个儿子长大，兰桂齐芳，复兴家业，重振家声。

续书这样写，是为了照应第五回"册子"和"红楼梦"曲子《晚韶华》的伏线。李纨的"册子"上面画着一盆茂盛的兰花，旁边坐着一个凤冠霞帔的美人，判词说："桃李春风结子完，到头谁似一盆兰？如冰水好空相妒，枉与他人作笑谈。”

茂盛的兰花，"到头谁似一盆兰"，是说贾兰后来做了大官，凤冠霞帔的美人是李纨，因为儿子的缘故戴凤冠穿霞帔。"桃李春风结子完"一句里面包含了"李纨"姓名的谐音，"结子完"比喻李纨把贾兰抚养长大而得到了收获。但第三、四两句，说李纨的结局也并不好，"枉与他人作笑谈"，续书就没有情节予以对应了。

后二十八回佚稿李纨和贾兰结局

那么在曹雪芹的后二十八回，李纨和贾兰的结局是什么样子呢？这就要细看《晚韶华》曲子："镜里恩情，更那堪梦里功名！那美韶华去之何迅！再休提绣帐鸳衾。只这戴珠冠，披凤袄，也抵不了无常性命。 虽说是，人生莫受老来贫，也须要阴骘积儿孙。气昂昂头戴簪缨，光灿灿胸悬金印，威赫赫爵禄高登，昏惨惨黄泉路近。问古来将相可还存？也只是虚名儿与后人钦敬。"

这支曲子分为前后两大段，"虽说是"前面是第一大段，概括李纨一生的两大悲剧："镜里恩情"和"梦里功名"。"镜里恩情"是说丈夫贾珠早死，李纨青春守寡，"再休提绣帐鸳衾"。"梦里功名"是说儿子贾兰虽然给母亲挣来了珠冠凤袄，自己死去了，所以李纨晚年物质生活不错，却没有了子孙后代，孤苦伶仃终老此生。"头戴簪缨""胸悬金印""爵禄高登"都是说贾兰当了大官，但接着是"昏惨惨黄泉路近"，死掉了。他留下了一个"虚名儿"给母亲，表面荣华，实质悲惨。

　　这就涉及了曹雪芹后二十八回中怎样写贾兰的故事。前面各讲中已经多次谈到，曹雪芹原著写贾家是灭顶之灾的大败亡，李纨和贾兰的命运自然也不能例外。李纨和贾兰要重新获得富贵荣华，必须有突破常规的情况，像后四十回续书写参加科举考试是不行的，像贾兰这样被抄家的罪家子弟，已经丧失了参加科举考试的资格。只有国家发生了非常的事变，比如战争、动乱等，他才有重新立功而出头的机会。

　　前八十回的确写了两个小故事，伏笔贾兰将来的发展。一是闹书房那一回，秦钟和金荣发生冲突，贾宝玉也牵扯进去，学堂的小学生们大打出手，闹成一团，而贾兰表现得有心计，非常冷静镇定，和他同桌的好友贾菌则十分勇敢，暗示这两个小孩素质不同一般，将来能有作为。第二个小故事是有一次贾宝玉在大观园里遇到贾兰拿着弓箭，在追赶一只鹿，贾宝玉问贾兰为什么射鹿，贾兰回答说在演习骑射。"鹿"和"禄"谐音，比喻功名利禄，还有"秦失其鹿，天下共逐之"的说法，就是秦王朝末年，天下大乱，各路英雄好汉都争夺国家政权，成语群雄逐鹿就是这么来的。这暗示贾兰很小就有雄心壮志，而将来会发生大的政治军事变故，给贾兰提供出人头地的机会。

第一回的《好了歌解》中有一句："昨怜破袄寒，今嫌紫蟒长。"脂砚斋在旁边加批语说"贾兰贾菌一干人"。这非常明确地点明，贾兰和贾菌，将来也首先要遭难，因贾家被抄没而落魄潦倒，穿破袄，受贫困，但后来又获得重新崛起的机会，做了大官，蟒袍玉带，好不威风。

这样《晚韶华》曲子就有了更耐人寻味的内涵。贾兰"气昂昂头戴簪缨，光灿灿胸悬金印，威赫赫爵禄高登"，李纨

"戴珠冠，披凤袄"，在贾家败落以后，是唯一重新获得荣华富贵的一房，也是具备搭救落难亲友能力的一房。但"人生莫受老来贫，也须要阴骘积儿孙"这一句则透露了这样的故事情节：李纨很长寿，而且老年也没有"受老来贫"，物质方面始终是不发愁的，但没有"阴骘积儿孙"。"阴骘积儿孙"就是因为人做了善事，积累下阴功，会给子孙带来好的报应。这和贾巧姐的《留余庆》正好构成了鲜明的对比。"留余庆"就是说王熙凤帮助过穷苦的刘姥姥而"幸娘亲，积得阴功"。

这种对比是很有意思的，李纨和王熙凤都是贾府的媳妇，前八十回描写李纨与世无争，而王熙凤贪婪权诈，好像李纨的道德水平比王熙凤强得多，但在八十回以后，一个关键的考验，却暴露了李纨的本质，在完全有能力搭救落难的亲友之时，李纨却吝啬银钱，不肯出手相救。她没有积"阴骘"，因而报应也落到了她的儿子贾兰身上，贾兰"昏惨惨黄泉路近"，一命呜呼了。王熙凤尽管做过一些坏事，但因为她积了"阴骘"，她的女儿就被刘姥姥搭救了。

那么李纨有能力营救却由于吝啬而不肯出手营救的那个落难的人是谁呢？应该就是王熙凤的女儿贾巧姐。预示贾巧姐命运的曲子《留余庆》中有耐人寻味的话"休似俺那爱银钱忘骨肉的狠舅奸兄"，狠舅是王熙凤的哥哥王仁，关键是"奸兄"是谁？以前大家的看法比较倾向于贾蓉，因为在刘姥姥一进荣国府时，刘姥姥正开口向王熙凤借贷，贾蓉突然来了，向王熙凤借炕屏，而且和王熙凤的言语表情，似乎表明两人之间有某种暧昧关系。这似乎是设计一种对照，将来在贾巧姐落难的事情上，贾蓉和刘姥姥形成了鲜明的对照，贾蓉就是"奸兄"。但已故的计算机科学家王湘浩先生提出了一种看法，认为"爱银钱忘骨肉"的"奸兄"是贾兰。理由有以下一些：

首先，贾兰是草字辈中巧姐最近的骨肉。其次，他够不够得上这个"奸"字呢？只要看他在"顽童闹学堂"那种行若无事、不动声色的神气就够了，亲叔叔要被人打了（指金荣要抓打贾宝玉），却说这件事不与他相干，这不正是"忘骨肉"吗？根据贾宝玉的定义，凡热衷功名的人叫"禄蠹"，这"禄蠹"一定不是好人。贾兰就是个典型的"禄蠹",射鹿的情节不就是影射他孜孜矻矻地追逐"禄"吗?八十回后他做了大官,就由于贪图禄位而发展成为一个奸雄了。

李纨由于怕受老来贫,只顾攒钱,不肯救助他人。她的这种性格,前八十回书中略有透露。姑娘们起诗社,李纨自我推荐掌坛为社长,说在她那里作社,她做个东道主人。但第一次做东是贾探春,第二次史湘云硬充大老官,实际上是薛宝钗出资,以后也没见李纨做东。后来她就向凤姐要钱,凤姐以开玩笑的口吻给李纨算收入账,指出李纨在贾府备受优待,经济收入很多,却舍不得拿出一点钱来做东道。李纨的反驳就是避开自己收入多的事实,拿别的事情嘲弄凤姐。

在给凤姐做生日时,大家都出钱凑份子,贾母和王熙凤都说自己给李纨出,李纨连一句客气话都没有说,连丫鬟们都出了银子,李纨一分钱也没拿出来。这些都可见李纨的抠门,后来在巧姐遇难的问题上,"爱银钱,忘骨肉",贾兰受李纨教育熏陶,母子一体,都做了损事。

李纨和贾兰的这种吝啬小气,是有生活原型的。红学研究表明，曹寅死后，他的儿子曹颙继任江宁织造两年后死去，康熙皇帝主持选定曹寅的侄子曹𬩽过继到曹寅遗孀李氏夫人名下作为继子，并接任江宁织造。这样，原来的江宁织造夫人曹颙的妻子马氏，就处于一种比较微妙的地位。史料说曹颙死时她已经怀孕，丈夫死后生下了一个遗腹子。曹𬩽入继后，马夫人不再是江宁织造府的女主人，但仍然住在织造府，她要侍奉婆婆李氏，要抚养儿子，死去了丈夫的寡妇，在经济上当然是很在意的。李纨就是以这位马夫人为原型写的，当然在小说里辈分上往下低了一辈。

小说里有一个细节写得很微妙，就是贾政家庭聚会，却不见贾兰。贾政询问，李纨回答说贾兰说没有点名叫他来所以没有来。大家笑着说贾兰牛心古怪，贾政又专门派人去叫，贾兰才出来。如果联系生活原型，就清楚了。贾政的生活原型是曹𬩽，马夫人的生活原型是曹颙的遗孀，贾兰是曹颙的遗腹子，曹𬩽搞家庭聚会，马夫人必须出席，因为她有侍奉婆婆李氏的义务，但曹颙的遗腹子，如果叔叔家没有特意邀请，他当然就不主动前往了。

从前八十回的伏笔伏线来看，贾兰是文武双全，在后来的非常事变中立下汗马功劳，但自己最后也殒命了，朝廷表彰他，李纨成了受益者，所以能够"戴珠冠，披凤袄"。但贾兰早死，可能还来不及婚配，当然也就没有留下后代，这样，李纨虽然物质上富有，还受到朝廷旌表，实际上却成了一个断子绝孙的老寡妇。贾兰的早死和李纨的绝户，也是有"草蛇灰线"的。比如李纨作灯谜，谜面是"观音未有世家传"，谜底是《四书·中庸》中的"虽善无征"，正是断子绝孙的谜谶。李纨自己活得很长，《好了歌解》中"老来富贵也真侥幸"一句是对应李纨的，突出"老来富贵"，"晚韶华"的"晚"也是活到老年的意思。但她没有亲人后代，一个人孤零零地打发着无聊的日子，年年月月日日，其实是很悲惨的，那情况就像李清照《声声慢》词中所形容的样子："寻寻觅觅，冷冷清清，凄凄惨惨戚戚。乍暖还寒时候，最难将息。……守着窗儿，独自怎生得黑！梧桐更兼细雨，到黄昏、点点滴滴。这次第，怎一个愁字了得！"

　　所以，"如冰水好空相妒，枉与他人作笑谈"，李纨的命运，是"薄命司"里的另一道悲凉风景。"冰水"二字与王熙凤"册子"上面画着"一片冰山"互相关联。贾府被抄家，就像"冰山"倒了，化成了水，在"冰水"中"花自飘零水自流"，只有李纨和贾兰富贵独"好"，让其他族人嫉妒。但最后贾兰死去，李纨孤独终老，也只能成为"笑谈"。

后二十八回佚稿李纨结局：

绝户老寡妇，珠冠凤袄又何补？阴骘可积储？茂兰终萎嗟禄蠹。

后四十回续书李纨结局：

李纨宝钗双节妇，兰桂齐芳家复苏。

十一、香菱和花袭人结局之谜

后四十回续书中的香菱

太虚幻境薄命司里的十二钗副册只出现了香菱一个人，她在后四十回续书中的结局与册子判词明显不符。

第八十三回"闹闺阃薛宝钗吞声"、第九十一回"纵淫心宝蟾工设计"、第一百回"破好事香菱结深恨"和第一百零三回"施毒计金桂自焚身"，一共四回书，写薛蟠娶了夏金桂以后的家庭矛盾。

夏金桂和夏家带过来的丫头宝蟾，淫荡又狠毒，嫉妒香菱，想着法子迫害折磨她，后来薛蟠又打死人入狱，夏金桂难奈寂寞勾引薛蝌，薛蝌正派不上钩。夏金桂认为是香菱作梗，让宝蟾做了两碗汤，夏金桂在其中一碗里面偷偷放了毒药，要毒死香菱，却被不知内情的宝蟾在端送汤碗时调了包，结果夏金桂喝了有毒的汤而误杀了自己。

真相大白后，薛姨妈做主，香菱被扶了正，成了薛蟠的正室。但到了第一百二十回，已经成仙的甄士隐又出现了，"详说太虚情"，同时还把香菱也"接引"成仙："小女英莲幼遭尘劫，今归薛姓，产难完结，遗下一子于薛家以承宗桃。此时正是缘尘脱尽之时，只好接引接引。"

后二十八回佚稿香菱结局

曹雪芹要写的香菱结局，其实早在第八十回，就已经大体清晰了。回目叫"娇怯香菱病入膏肓"，写薛蟠娶了夏金桂后，香菱就受尽夏金桂的折磨、虐待和设计陷害，香菱被迫离开了薛蟠，到后边去服侍薛宝钗。然后就写香菱"本来怯弱，虽在薛蟠房中几年，皆由血分中有病，是以并无胎孕。今复加以气怒伤感，内外折挫不堪，竟酿成干血之症，日渐赢瘦作烧，饮食懒进，请医诊视亦不效验"。

无论是回目的"病入膏肓"，还是具体描写，实际上已经说得十分清楚，香菱马上就要死了。如果八十回后不亡佚，很可能下一回就会说到香菱不治而亡的大结局。

这种结局符合第五回中"册子"判词的谶语提示：画着

一株桂花，下面有一池沼，其中水涸泥干，莲枯藕败。后面书云："根并荷花一水香，平生遭际实堪伤。自从两地生孤木，致使香魂返故乡。"

大多数抄本是"根并荷花一茎香"，只有舒元炜序本《石头记》是"一水香"，但也只有舒序本是正确的，其他本子的"茎"是"水"的传抄之误。无论平仄还是意思，明显应该是"一水香"。"自从两地生孤木"一句旁边有批语"折字法"，"折"是"析"的俗字变体，"析字法"是说这一句的意思，左边是两个土，右边是一个木，合起来就是"桂"字。十分清楚，桂花指夏金桂，荷花指香菱，水涸泥干，莲枯藕败，"自从两地生孤木，致使香魂返故乡"，都是香菱将被夏金桂虐待而死的谶语象征。

香菱是小说中第一个出现的女儿，也是全部薄命女儿的总代表，她的悲惨结局也就是所有女儿的命运写照。曹雪芹绝不会像后四十回续书那样，因为甄士隐已经超凡入圣，就把香菱也"接引"成仙。

后二十八回佚稿香菱结局：

莲枯藕败香菱死，薄命女儿同一哭。

后四十回续书香菱结局：

夏金桂害人终害己，甄士隐不忘旧尘缘，呆香菱生子又成仙。

后四十回续书的花袭人

太虚幻境薄命司十二钗又副册中的薄命女儿，在第五回只透露了两个人的信息。晴雯在前八十回有了结果，花袭人则也有后四十回续书与后二十八回佚稿两种结局。

后四十回里花袭人首先在"调包计""黛死钗嫁"的"爱情婚姻悲剧"中是一个角色。她提醒王夫人贾宝玉爱黛不爱钗的心理，才引出王熙凤的"调包计"。其实这个情节不合理，前八十回那么多铺垫和伏笔，王夫人、贾母等都对宝玉和黛玉的感情洞若观火，哪里还需要袭人提醒。这就是要违背前文另起炉灶而生硬地编造情节。

在宝玉婚后，对袭人的描写，就是辅佐宝钗"唤醒痴人"贾宝玉的一些通俗描写。第一百一十七回，因为送来通灵玉的和尚要银子，贾府拿不出来，贾宝玉要把通灵玉还给和尚，袭人和紫鹃拼死阻拦，演出"阻超凡佳人双护玉"的一幕。贾宝玉复得通灵玉并再次梦游太虚幻境后，"死去复生，神气清爽"，彻底复原，袭人又提醒宝钗："五儿有些个狐媚子……麝月秋纹虽没别的，只是二爷那几年也都有些顽顽皮皮的。如今算来只有莺儿二爷倒不大理会，况且莺儿也稳重。我想倒茶弄水只叫莺儿带着小丫头们伏侍就够了。"薛宝钗接受袭人的意见，"从此便派莺儿带着小丫头伏侍"。连麝月和秋纹这样的老搭档也被花袭人离间了。这一回叫"惊谜语妻妾谏痴人"。

不管宝钗和袭人这一妻一妾如何努力，贾宝玉终于还是追随一僧一道而去，作为正室妻子又怀了贾宝玉遗腹子的薛宝钗，必须抚养儿子长大成人，复兴家业重振家声，她终生守寡的命运已经无法逃脱了，这是那个时代礼教的约束和要求。但花袭人，却还没有正式明确贾宝玉妾的名分，实际上还只是一个"通房丫头"，她该怎么办呢？王夫人和薛姨妈商量："若说放他出去，恐怕他不愿意，又要寻死觅活的；若要留着他也罢，又恐老爷不依。"薛姨妈说："我看姨老爷是再不肯叫守着的。再者姨老爷并不知道袭人的事，想来不过是个丫头，那（哪）有留的理？"于是姐妹两个商量好，准备给花袭人找个好人家嫁出去，首先由薛姨妈去劝花袭人。

"袭人本来老实，不是伶牙俐齿的人，薛姨妈说一句，他应一句，回来说道：'我是做下人的人，姨太太瞧得起我，才好说这些话，我是从不敢违拗太太的。'薛姨妈听他的话，'好一个柔顺的孩子！'心里更加喜欢。宝钗又将大义的话说了一遍，大家各自相安。"

接着王夫人找来花袭人的哥哥嫂子，安排给袭人找婆家，最后就说定了蒋玉菡。而袭人又哭得伤心哽咽，心理活动是："我若死在这里，倒把太太的好心弄坏了。我该死在家里才是。"袭人回了哥哥家，本来还想死，但又想："哥哥办事不错，若是死在哥哥家里，岂不又害了哥哥呢。"于是嫁到了蒋玉菡家，"那夜原是哭着不肯俯就的，那姑爷却极柔情曲意的承顺。到了第二天开箱，这姑爷看见一条猩红汗巾，方知是宝玉的丫头。原来当初只知是贾母的侍儿，益想不到是袭人。此时蒋玉菡念着宝玉待他的旧情，倒觉满心惭愧，更加周旋，又故意将宝玉所换那条松花绿的汗巾拿出来。袭人看了，方知这姓蒋的原来就是蒋玉菡，始信姻缘前定。袭人才将心事说出，蒋玉菡也深为叹息敬服，不敢勉强，并越发温柔体贴，弄得个袭人真无死所了"。

应该说这一段续书写得颇为委曲细致，把袭人的心理活动刻画得也很生动，人情事理，八面玲珑。可惜后面又画蛇添足，增加了一段评论："看官听说：虽然事有前定，无可奈何。但孽子孤臣，义夫节妇，这'不得已'三字也不是一概推诿得的。此袭人所以在又副册也。正是前人过那桃花庙的诗上说道：千古艰难惟一死，伤心岂独息夫人！"

息夫人又称桃花夫人，是春秋时息侯之妻，息是一个小国，地在今河南省息县，楚王灭掉息国，把息夫人纳为妃子。息夫人给楚王生了两个儿子，但始终拒绝开口说话，表示对自己不能以死殉国而苟且偷生的行为，惭愧悔恨。后世一些文人墨客写诗词歌咏她，唐代还建立了祭祀她的桃花夫人庙宇。清代康熙时的邓汉仪有一首诗是："楚宫慵扫黛眉新，只自无言对暮春。千古艰难惟一死，伤心岂独息夫人！"

感叹人生大抵贪生怕死，不能坚持气节到底。

后四十回续书这段评论也是讽刺花袭人不能为贾宝玉殉情自杀。这当然是十分落后的思想意识，聂绀弩先生就在《略谈红楼梦的几个人物》中义愤填膺地反驳过，说即使按照古代的礼法，也只是要求正妻为亡夫守节，对妾就没有严格要求，因为妾是可以当作礼物送人的。至于通房丫头，连妾的名分也没有，更不应该要求其"守节"甚至自杀。续书作者要求花袭人为贾宝玉守节自杀，是比历史上实有的封建还封建百倍的封建！

后二十八回佚稿花袭人结局

花袭人在曹雪芹原著佚稿中的情况，根据几条脂砚斋的批语可以知其大略。佚稿中袭人比较早就离开了贾宝玉，脂批说："故袭人出嫁后云'好歹留着麝月'一语，宝玉便依从此话。可见袭人虽去，实未去也。"另外一条批语说："后文方有'悬崖撒手'一回。若他人得宝钗之妻、麝月之婢，岂能弃而为僧哉！"似乎佚稿中的情节，是宝玉主动遣散身边的丫鬟，袭人"出嫁"前还劝宝玉"好歹留着麝月"，而贾宝玉接受了劝告，所以最后"悬崖撒手"出家为僧的时候是抛弃宝钗和麝月两个人。

袭人出嫁，是嫁给了蒋玉菡，第五回"册子"的判词说得很清楚："堪羡优伶有福，谁知公子无缘。"第二十八回贾宝玉和蒋玉菡互相交换汗巾子的伏笔也至为明显。揣测上述几条批语的情形，袭人离开的时候，贾府虽然已经没落，但似乎贾宝玉还没有穷到吃不上饭的程度。

后来好像贾宝玉更贫穷了，需要蒋玉菡花袭人夫妇从经济上给予帮助。脂批说："花袭人有始有终。""盖琪官虽系优人，后回与袭人供奉玉兄宝卿者。"

佚稿中的花袭人，是一个不忘旧情的"义仆"。这与前八十回写晴雯是一样的，第七十七回写晴雯"却到（倒）还不忘旧"，自己进了贾府，不忘记拉扯姑舅哥哥也进贾府当仆人。"不忘旧"——这是人类最珍视的高贵品质,《三国志演义》中的关羽关云长,就是因为被曹操厚待却不忘刘备旧情,后来华容道上又不忘曹操旧恩,而被推崇为和孔夫子并列的武圣人。佚稿中写花袭人资助落难后的贾宝玉薛宝钗而"有始有终",表明花袭人在曹雪芹意中笔下的真实地位,那也是一个非常优秀的薄命女儿,不愧为和晴雯并列的又副册之首。

客观地考量,袭人的结局其实是十二钗中最好的,她可能在贾府被抄家之前就离去了,嫁给了天下闻名的演艺明星蒋玉菡,郎才女貌,家境富有。只是因为袭人原本可以做贵公子又是情哥哥贾宝玉的妾,而那个时代像蒋玉菡这样的戏子社会地位低下,属于"贱民"阶层,子孙后代也没有资格参加科举考试,花袭人嫁蒋玉菡才被归入"薄命司",所谓"一簇鲜花,一床破席",所谓"堪羡优伶有福,谁知公子无缘"。

第六十三回贾宝玉生日夜宴,花袭人抽的花名谶语酒筹是一枝桃花,题着"武陵别景"四字,那一面写着一句宋诗

"桃红又是一年春"。还有注解："杏花陪一杯，坐中同庚者陪一杯，同辰者陪一杯，同姓者陪一杯。"大家算下来香菱、晴雯、宝钗三人同庚，黛玉同辰，芳官说自己也姓花。这一笔真是脂批说的"一树千枝，一源万派"！晴雯与袭人同为又副册之首，香菱是副册之首，宝钗和黛玉是正册之首，而芳官其实影射着史湘云，这样写花袭人，不仅囊括了薄命司三等册子的魁首，还把贾宝玉一生三段最重要情缘黛、钗、湘也罗致其中。如果说有什么"神笔""妙笔"，这就是神妙到极致的活样板！

还有"杏花陪一杯"，杏花是贾探春，她是要远嫁海外做王妃的，不也是另外一种"武陵别景"吗？"桃红又是一年春"乃南宋谢枋得诗句，题目为《庆全庵桃花》，全诗是："寻得桃源好避秦，桃红又是一年春。花飞莫遣随流水，怕有渔郎来问津。"谢枋得是遗民，南宋从苟延残喘到国破家亡，使他的心灵充满血迹斑斑的印象回忆，这首诗的"避秦"主题就是抒发遗民情绪。显然，曹雪芹选择"桃红又是一年春"作为花袭人的谶语，是隐上一句"寻得桃源好避秦"。由此可见，佚稿中花袭人是在贾府被抄家之前就离开了贾宝玉而嫁给蒋玉菡的。桃花和杏花，花袭人和贾探春，其实都算"薄命司"中的相对幸运者。曹雪芹对花袭人的怜悯同情尊重，也就意在言外了。

后二十八回佚稿花袭人结局：

　　汗巾子姻缘嫁优伶，不忘旧主情义深。

后四十回续书花袭人结局：

　　通房丫头未守节，无聊比附息夫人。

写完了十二钗结局之谜，可以作一句曹雪芹原著和后四十回续书的总体性评价：原著和续书，是雅俗之别，仙凡之异。还是我说过的那句话：曹雪芹原著是李贺李商隐的诗，后四十回续书是白居易元稹的诗，都是诗，读者可以各有所爱所喜，但一定要严格区别，不能混为一谈。

一、曹雪芹写《红楼梦》之艺术要略

我在几种红学著作中都谈过曹雪芹写《红楼梦》的艺术审美特色。比如《独上红楼——九面来风说红学》（山西古籍出版社1995年出版）和《新评新校红楼梦》（三晋出版社2012年出版）中如是表述：

"追踪蹑迹"的写实和诗化小说的写意；"假语村言"的打掩护和"草蛇灰线"的伏笔照应；"大旨谈情"的主题内容和"不干涉时世"的皮里阳秋；"令世人换新眼目"的创新意识即"陌生化"审美效果，是进入《红楼梦》艺术殿堂的七把钥匙。

在《曹雪芹"写人"的二纲八目与痴、常二谛及三象合一》(《晋阳学刊》2012年第3期;周汝昌、杨先让主编《五洲红楼》,东方出版社2013年出版)一文中,则对曹雪芹的"写人"艺术作了探讨,归纳出"二纲八目":写真人写活人与写诗人写哲人为"二纲","八目"则是:意境人物和典型形象、召唤结构和鸿蒙性格、镜像影射和隐喻模型、补遗法和冰山理论、积墨法和生活流、叠曲和复调、槛内的世人和槛外的畸人、演大荒和荒诞感。

写实和写意是最基础的两点,二者相辅相成。

写实的纲领就是曹雪芹在小说第一回借石头之口说的那段话:"但我想历来野史皆蹈一辙,莫如我这不借此套者,反倒新奇别致,不过只取其事体情理罢了……至若佳人才子等书,则又千部共出一套,且其中终不能不涉于淫滥,以致满纸潘安、子建、西子、文君,不过作者要写出自己的那两首情诗艳赋来,故假拟出男女二人名姓,又必旁出一小人其间拨乱,亦如剧中之小丑然。且鬟婢开口即者也之乎,非文即理,故逐一看去,悉皆自相矛盾、大不近情理之话,竟不如我半世亲睹亲闻的这几个女子，虽不敢说强似前代书中所有之人，但事迹原委，亦可以消愁破闷；也有几首歪诗熟话，可以喷饭供酒。至若离合悲欢，兴衰际遇，则又追踪蹑迹，不敢稍加穿凿，徒为供人之目而反失其真传者。"

对此，鲁迅先贤用近现代文艺理论表述方式，精辟地概括为："盖叙述皆存本真，闻见悉所亲历，正因写实，转成新鲜。"（《中国小说史略》）"其要点在敢于如实描写，并无讳饰，和从前的小说叙好人完全是好，坏人完全是坏的，大不相同，所以其中所叙的人物，都是真的人物。总之自有《红楼梦》出来以后，传统的思想和想法都打破了。"（《中国小说的历史的变迁》）

写意也体现在方方面面。特别是第二回通过贾雨村对冷子兴发表的"正邪二气所赋之人"那篇宏论，揭示得最为透彻："天地生人，除大仁大恶两种，余者皆无大异。若大仁者，则应运而生；大恶者，则应劫而生。运生世治，劫生世危。尧、舜、禹、汤、文、武、周、召、孔、孟、董、韩、周、程、张、朱，皆应运而生者。蚩尤、共工、桀、纣、始皇、王莽、曹操、桓温、安禄山、秦桧等，皆应劫而生者。大仁者，修治天下；大恶者，挠乱天下。清明灵秀，天地之正气，仁者之所秉也；残忍乖僻，天地之邪气，恶者之所秉也。今当运隆祚永之朝，太平无为之世，清明灵秀之气所秉者，上至朝廷，下及草野，比比皆是。所余之秀气，漫无所归，遂为甘露、为和风，洽然溉及四海。彼残忍乖僻之邪气，不能荡溢于光天化日之中，遂凝结充塞于深沟大壑之内，偶因风荡，忽被云摧，略有摇动感发之意，一丝半缕，误而泄出者，偶值灵秀之气适过，正不容邪，邪复妒正，两不相下，亦如风水雷电；地中既遇，既不能消，又不能让，必致搏击掀发后始尽。故其气亦必赋人，发泄一尽始散。使男女偶秉此气而生者，上则不能成仁人君子，下则亦不能为大凶大恶。置之于万万人之中，其聪明灵秀之气，则在万万人之上；其乖僻邪谬不近人情之态，又在万万人之下。若生于公侯富贵之家，则为情痴情种；若生于诗书清贫之族，则为逸士高人；纵再偶生于薄祚寒门，断不能为走卒健仆，甘遭庸人驱制驾驭，亦必为奇优名倡。如前代之许由、陶潜、阮籍、嵇康、刘伶、

214

王谢二族、顾虎头、陈后主、唐明皇、宋徽宗、刘庭芝、温飞卿、米南宫、石曼卿、柳耆卿、秦少游，近日之倪云林、唐伯虎、祝枝山，再如李龟年、黄幡绰、敬新磨、卓文君、红拂、薛涛、崔莺、朝云之流，此皆易地相同之人也。”

这里列出了三类人的名单，大仁一串，大恶一串，是按照那个时代主流意识形态的标准作定位，而第三类，所谓"正邪二气所赋"之人，就是具有诗人哲人艺术家气质的那种人，其核心特点是把"情"放在至高的地位，同时多才多艺。陈后主、唐明皇、宋徽宗三个皇帝最是画龙点睛，他们在政治上或是亡国之君，或有严重过错，但都是杰出的艺术家，是所谓情痴情种。曹雪芹笔下的贾宝玉和金陵十二钗，乃至蒋玉菡、柳湘莲、卫若兰、冯紫英和水溶，都是这一类型的人。

写实和写意双峰并峙二水分流。因而，一方面，《红楼梦》前八十回的故事情节表现出"生活流"的自然天成之美，无论情节故事，还是人物性格，都栩栩如生，而又行云流水。另外一方面，正如前面大量例证所揭示，各种象征隐喻，谶语影射，"草蛇灰线"，神妙绝伦。应该说，对今天的读者，领略曹雪芹绝艺最有难度的，是其"写意"也就是"诗化"的特色。

本讲我们重点谈一谈诗化写意，题目是"中华诗：《红楼梦》艺术关键词"。为什么说"中华诗"是"艺术关键词"呢？为什么在"诗"前面还要加"中华"的限制词呢？就是要特别表明，曹雪芹写小说，不仅是"用写诗的方法写小说"，而且这"诗"是中华文化中孕育出的中华诗，是以中华诗为核心而融合丹青艺术、戏曲艺术乃至各种中华传统文化元素的。这与西方古希腊古希伯来"两希"文化传统一脉而来的诗歌有不尽相同的特色和内涵。

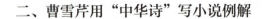

二、曹雪芹用"中华诗"写小说例解

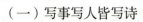

（一）写事写人皆写诗

周汝昌《红楼艺术》中专辟"'诗化'的要义"一章，举第四十五回宝玉看完黛玉带着婆子丫头提灯打伞冒雨而去，

同时就有蘅芜苑的婆子也提灯打伞来给黛玉送燕窝，一来一往，两相辉映，是一幅秋窗风雨图，是诗化的小说场景。又举第四十三回宝玉和茗烟私自出城祭奠金钏儿，"天亮了，只见宝玉遍体纯素，从角门出来，一语不发跨上马，一弯腰，顺着街就颠下去了"，乃充满诗意的文章，"雪芹对自然景物，绝不肯多费笔墨，而于人物，主要也是以'诗化'那人物的一切言词、行动、作为、感发等，作为首要的手段"。

我们再看前八十回写到的几个女儿之死亡，无一不体现了中华诗化的独特写法。秦可卿的死充满了迷离恍惚的神秘气氛，具有强烈的象征意味。金钏儿跳井，只从贾环口中透露了一句"人头这样大，身子这样粗，泡的实在可怕"，并没有正面描写其自杀的场面，后来反而通过宝玉去水仙庵怀悼的情节将其和美丽的洛神神话作叠影，所谓"真有'翩若惊鸿，婉若游龙'之态，'荷出绿波，日映朝霞'之姿"。尤三姐自刎，"左手将剑并鞘递与湘莲，右手回肘只往项下一横。可怜'揉碎桃花红满地，玉山倾倒再难扶'，芳灵蕙性，渺渺冥冥，不知往那（哪）边去了"。

王蒙先生曾质疑道："这几句关于三姐自刎的细节描写也嫌粗略失真，甚至让人觉着写得太轻巧艳丽，缺少与现实主义不可分的人道主义的分量。细节上似也不尽可信：在两个男人近前自杀会是那么容易，那么干脆利索的吗？贾琏、湘莲竟然连拦阻的意图也没表示，是他们不想拦还是三姐剑法如电呢？顺手一抹，就能断气？此剑莫非是干将莫邪，如此'吹毛断玉，削铁如泥'？柳湘莲毕竟不是刺客不是武官不是《水浒传》中人物，佩带实战性能如此出色的武器做什么？又如何将这样的武器作为定婚的信物？如果用实战用的剑做订婚信物，不等于现今用装好子弹的冲锋枪做婚姻礼物吗？尤三姐这么会用剑吗？她这样熟悉解剖学能迅雷不及掩耳般地一下割断动脉吗？割断动脉一下子会喷出多少血来，贾琏尤二姐湘莲还能那样冷静地讨论责任问题吗？即使一下割断动脉，也不会马上变成死寂的僵尸，自杀者的四肢、身体乃至声音语言还会有种种弥留之际的蠕动活动响动，怎么一个字都没写呢？再对比一下曹雪芹写服装写吃喝写作诗等场面的细致入微，不能不令人怀疑尤三姐的结局与其说是出

自作者的见闻，不如说是出自作者的想象了。"（王蒙《红楼启示录》，生活·读书·新知三联书店1991年出版）

　　这种对曹雪芹写作艺术的不能解味，就源于审美眼是西方的文艺理论视角，体会不出曹雪芹是在诗化尤三姐的死亡，用的是"桃花"和"玉山"这两个充满魏晋人审美感觉的意象，而拒绝描写血淋淋的残酷场面。写尤二姐吞金自杀，也没有描写其死前的挣扎，反而写第二日贾琏看到"尤二姐面色如生，比活着还美貌"。晴雯之死更是用芙蓉花神的神话和《芙蓉诔》的荡气回肠来营造气氛。这都是中华诗的高级艺术笔墨。而后四十回续书写林黛玉之死，就写了一些死前的"真实"情况，如"浑身冷汗""两眼一翻"之类，明显不是曹雪芹的手笔。

　　曹雪芹用中华诗写小说的独特创造，可谓花样翻新。比如"不交代法"，即有些情节的发展变化作者不作明确交代，如贾母把丫头鹦哥给了黛玉，黛玉改其名叫紫鹃，但这一变化没有说明，如果读者不明白这种写法，就会把鹦哥和紫鹃当作两个人。但领略了"不交代法"的奥妙，则会欣赏其诗意的空灵之美韵。

再如"补遗法"，就是有些情节在前面并没有叙述过，但会在后来的行文中当作已经发生过的故事提到。第十六回平儿为了在贾琏面前掩饰凤姐放高利贷的私房收入，顺口以香菱来过扯谎。作者却接住这一话头，通过凤姐和贾琏的对话，补出香菱已经被薛蟠正式纳为妾"摆酒请客的费事"等故事，以及薛蟠的"滥情"——"过了没半月，也看的马棚风一般了"；还有贾琏对香菱的垂涎——"那薛大傻子真玷辱了他"，凤姐的拈酸吃醋——"我去拿平儿换了他来如何？"

第三十七回袭人拿碟子给史湘云送东西，从"这一个玛瑙碟子那（哪）去了？"一句问话，就通过怡红院众丫鬟的七嘴八舌补出许多故事：宝玉送园中鲜花给贾母和王夫人，贾母和王夫人高兴地赏赐去送花的丫头；秋纹得了赏赐而自鸣得意，晴雯讥讽她"那是把好的给了人，挑剩下的才给你"，隐指袭人已经得了王夫人的厚赏，从而表现了秋纹、晴雯和袭人各自不同的性格心理；赵姨娘一伙总是在暗处算计怡红院，"见这屋里的东西，又该使黑心弄坏了才罢"，直接提到了荣国府的一个基本矛盾——嫡庶之争。

第四十七回贾宝玉和柳湘莲谈话，却谈道"可到秦钟的坟上去了"，柳湘莲说"雇了两个人收拾好了"，宝玉说"上月我们大观园的池子里头结了莲蓬，我摘了十个，叫茗烟出去到坟上供他去"。不仅补出了这些故事，还补出前面从未提到过的秦钟和柳湘莲的友情交往，说明他们都是"正邪二气所赋之人"。

"补遗法"不仅省去浮文赘墨，而造就一种云藏龙林藏虎、美人露半面的绰约朦胧之美，而且可以帮助我们解决一个疑惑，即"探佚"探出的内容似乎复杂曲折，后二十八回佚稿是否能容纳得下？其实不必担心怀疑，曹雪芹的"妙手空空"有的是，这就是"天才"了。如果说"不交代法"和"补遗法"是写事妙法，那么"心理迹象法"（王蒙语）就是写人高招。作者对书中的许多人物只写他们的"心理迹象"，而不作心理分析，从而使人物的性格内涵成了最耐人寻味的"斯芬克斯之谜"。这在薛宝钗、花袭人等几个人物身上体现得特别明显。到底"金玉之说"是薛家有意散布的，还是无意流露的？宝钗心底对宝玉的感情到底多深多浅？"扑蝶"和"金蝉脱壳"的行为是否有陷害黛玉的潜意识？袭人有没有向王夫人"告密"黛玉和晴雯？……成了红学家们争论不休的话题，就和曹雪芹只写"迹象"不交代"心理"的写法有关，这当然与中华诗词讲究含蓄暗示隐约的文化传统息息相关。

"梦兆绛芸轩"一回，宝玉在梦中喊骂"什么金玉姻缘，我偏说是木石姻缘"，"宝钗听了这话，不觉怔了"，可是此刻宝钗的心理活动究竟如何，却一字不提。作者有时更使用一些曲笔隐喻式的幽默，使这种人物性格心理之谜更加扑朔迷离。如第十九回末宝玉刚说完"耗子精偷香芋"的笑话，说"香芋"就是"香玉"林黛玉，紧接着写宝钗来了，嘲弄宝玉元宵不知"绿蜡"之典，原来是宝钗告诉宝玉把"绿玉"改成"绿蜡"，因为贾元春"不喜红香绿玉"，这就曲折地把宝钗比成了偷走"香玉"（黛玉）的"耗子精"。第二十回开头还重新点了一笔："话说宝玉在林黛玉房中说'耗子精'，宝钗撞来，讽刺宝玉不知'绿蜡'之典。"

由于曹雪芹用了许多微妙的含蓄的"中华诗"笔法，才造成小说人物性格的无穷内涵。这是在写诗，在人物性格上营造"意境"，让其产生永远说不明道不尽的"味外之味"，也相通于传统史学之"春秋笔法"、传统中国画中"咫尺写千里之势"和诗词中"宕出远神"等诸脉相通成一水的艺术精神。小说因此能在精练简约的篇幅中表现地负海涵的生活容量和意味无穷的韵味意境，正和第二回贾雨村所发表的"正邪二气所赋"之写人纲领相通。我早在二十世纪八十年代初就提出了《红楼梦》中"意境人物"的概念，就是注意到曹雪芹这种奇特的写人绝诣。

　　（二）语言的诗法和结构的诗韵

　　海德格尔说："语言是存在之家。"语言其实最能反映一个作家的心灵状态和文化状态。前八十回和后四十回的两种语言，就分别是曹雪芹和续书作者两种心灵状态和文化状态的表现。曹雪芹的语言是融合了传统的古文和诗、词、赋、戏曲、语录等多种文化精粹后再加以"口语化"的"白话"，追求口语的神韵却并不追逐"通俗"而洋溢着诗性。前八十回的许多语言要求读者像喝茶一样"品",如吃橄榄一般"咀嚼",那是"有滋有味"的,却并非"明白"如"喝白开水",也不能"清楚"得"一望而知"。

第三回贾雨村与林黛玉一起进京,"雨村另有一小船,带两个小童,依附黛玉而行"。"依附"两字极平常,却不仅是在写小船依傍大船而行,也暗寓贾雨村这个落魄之人巴结林如海和贾府这种大官僚。所以脂批调侃说:"老师依附门生,怪道今时以收纳门生为幸。"后来贾政帮助贾雨村运动,"轻轻谋了一个复职候缺"。"轻轻"也是极普通的字眼,却传神地表达了贾府在朝中势力大、关系广的意思。这都是古代"文章学"讲究"春秋笔法""一笔两用"的小说化。

第九回写学堂中小学生之间争风吃醋,写到两个漂亮的小学生香怜和玉爱,众人"虽都有窃慕之意,将不利于孺子之心,只是都惧薛蟠的威势,不敢来沾惹"。《尚书·金縢》记周成王年幼,叔叔周公摄政,朝中有人造谣言说周公准备篡夺周成王的权位,"将不利于孺子"。把这个典故用到同性间的恋慕欲望方面，就格外有一种幽默效果，语言的"戏仿"也就解构了儒家的神圣。

第十三回贾琏送林黛玉回扬州后，凤姐"这日夜间，正和平儿灯下拥炉倦绣，早命浓薰绣被，二人睡下，屈指算行程该到何处"，脂批曰："所谓'计程今日到梁州'是也。"这是说这一段描写把白居易的诗意化进去了。原诗《同李十一醉忆元九》："花时同醉破春愁，醉折花枝作酒筹。忽忆故人天际去，计程今日到梁州。"第二十五回写宝玉要找小红，却被一株海棠花遮着，脂批曰："余所谓此书之妙皆从诗词句中泛出者，皆系此等笔墨也。试问观者，此非'隔花人远天涯近'乎？""隔花"句出自《西厢记》中崔莺莺唱的《混江龙》曲词。这都是把诗的意境转化成小说的叙述语言。

第十六回凤姐以自贬的口气自夸："你是知道的，咱们家所有的管家奶奶们，那一位是好缠的？错一点儿他们就笑话打趣，偏一点儿他们就指桑说槐的报怨。'坐山观虎斗'，'借剑杀人'，'引风吹火'，'站干岸儿'，'推倒油瓶不扶'，都是全挂子的武艺。"一连用了五个俗语形容那些女仆人的难缠厉害，这是俗得精彩全出。海棠社、菊花诗、柳絮词，以及黛玉和宝钗向宝玉讲论禅机禅典，探春和宝钗理家时"对讲学问"等，则是雅得余音绕梁了。

曹雪芹还经常创造一些"似不通"的语词花样，也就是今日所谓"陌生化"语言效果，其实就是一种诗性语言。比如"时宝钗"照应了宝钗"随分从时"的性格特点，因此比"识宝钗"或"贤宝钗"耐人寻味。"忙玉"的称呼来源于贾宝玉"无事忙"的绰号，把宝玉叛逆正统的思想性格倾向包含其中。程高本改成"莽玉"，明白倒是明白了，却不仅了无余味，而且歪曲了宝玉的个性。"情不情"的宝玉最善于体贴他人，一点也不"莽"的。曹雪芹还仿口语创制了一些新词，如"寻趁"——找碴儿，"白眉赤眼"——平白无故，"宾住"——拘束住，"张致"——故作姿态等等。总之，曹雪芹通过丰富多彩的手段，造就了《红楼梦》中充满魅力的语言。

后四十回的语言比前八十回要"白"得多，也"俗"得多，又啰唆又拖沓，倒是"明白如话"，一目了然，却一点味道也没有了，没有了文化味道，没有了风韵神采，由诗境之雅改趋俗境之白。另一方面，前八十回曹雪芹原著的语言，也被后四十回续补者作了许多修改，一个明显的现象也是变高雅为庸俗，变诗意的含蓄为低级的浅白。詹丹先生《含蓄，还是暧昧？——论程本修改脂本的一个角度》（《红楼梦学刊》2017年第5辑）一文，就作了具体的举例分析。指出程乙本对脂本及程甲本有关人物对话语言的描写，把一些原本描写完整的内容加以断裂处理，其作用并不是用含蓄性表达的方式增加描写的艺术性，而只是想通过所谓的含蓄，来渲染男女暧昧的单一想象。

比如第七十七回写宝玉去探望被赶出大观园的晴雯，晴雯对宝玉的一段情感表白，庚辰本与程本在处理言说是否断裂上差异很大。

庚辰本是：晴雯呜咽道："有什么可说的！不过挨一刻是一刻，挨一日是一日！我已知横竖不过三五日的光景，就好回去了。只是一件，我死也不甘心的：我虽生的比别人略好些，并没有私情蜜意勾引你怎样，如何一口咬定了我是个狐狸精！今日既已枉担了虚名，而且临死，不是我说一句后悔的话：早知如此，我当日也另有个道理。不料痴心傻意，只说大家横竖是在一处。不想平空里生出这节话来，有冤无处诉。"说毕又哭。

程甲本和程乙本是：晴雯呜咽道："有什么可说的！不过是挨一刻是一刻，挨一日是一日！我已知横竖不过三五日的光景，我就好回去了。只是一件，我死也不甘心：我虽生得比别人好些，并没有私情勾引你，怎么一口死咬定了我是个狐狸精！我今儿既担了虚名，况且没了远限，不是我说一句后悔的话：早知如此，我当日——"说到这里，气往上咽，便说不出来，两手已经冰凉。

詹丹先生分析说，就程本修改脂本来看，把言说的完整加以断裂处理，不但没能带来艺术的想象空间，反而把这种空间弄得单一化、狭窄化了。不说程本对脂本断裂处理的延续，就说把脂本的完整加以断裂的特殊处理，尽管发生在不同场合，但大部分情况都指向了同一个目的，就是渲染了男女之情的暧昧性，并把这种暧昧性搞得故意不可告人，从而刻意挑动起读者关于欲望的亢奋。如果这也是对想象的一种召唤，那么这样的召唤，其实非常肤浅，并无深意可言。

所以，在庚辰本中，当晴雯在临死前说出枉担了虚名时，她的表白是大方的，并无见不得人的地方，那是天真地认为大家可以永远在一起的相守，是"痴心傻意，只说大家横竖是在一处"。而她所谓的"另有个道理"，也并不一定意味着要把这种虚名向着肉欲方面去发展。但是，程本系统阻断了她后续的表达，看似把她未说出来的话，留下了无限的理解可能。但到了第一百零九回，当宝玉面对五儿，重复了晴雯的话时，正因为依据的是晴雯没有说完话的版本，所以很方便地把她的意思，引到了明显是肉欲方面去，让这话变成了宝玉借以对五儿肉体上的赤裸裸挑逗，以至于晴雯在死后多年，仍不得安生，要遭受五儿义正词严的斥责："那是他自己没脸，这也是我们女孩儿家说得的吗？"由此我们也就恍然，由断裂这一艺术处理带来的所谓含蓄效果，不过是暗示了一条朝向男女暧昧发展的单一的狭窄之路。

再如第六十三回，群芳开夜宴后，芳官居然在醉酒中，与宝玉同榻而睡，到第二天早晨醒来时才发现。对芳官的言语描写，只是程乙本有断裂处理：芳官听了，瞧了瞧，方知是和宝玉同榻，忙羞的笑着下地说："我怎么——"却说不出下半句来。宝玉笑道："我竟也不知道了。若知道，给你脸上抹些墨！"詹丹先生分析说，在庚辰、程甲本中，芳官的话是完整的，即"我怎么吃的不知道了"。也因为有芳官这句话，才有宝玉后续的那一句"我竟也不知道了"。否则的话，宝玉对自己所谓"不知道"加上"竟也"就没有了着落。程乙本对芳官的话作断裂处理，"我怎么——"又刻意指向男女之情的暧昧性。

　　此外如第六回写袭人发现宝玉内裤上的遗精后，袭人的表现和言语，第三十四回宝钗来看望挨打后的宝玉，宝钗说了情意绵绵的话之描写，乃至第六十八回王熙凤大闹宁国府时对贾蓉的态度言语，程乙本都对脂本原有的完整文句作了断裂处理，而目的都是根据自己的低级趣味，把读者的想象往男女暧昧性方面诱导，原著高尚的情趣和微妙的诗意被庸俗化下流化。詹丹先生说得不错："当曹雪芹把《风月宝鉴》改造成更具包容性、更宽广的《石头记》时，木刻印刷的程甲和更进一步的程乙，则又努力把笔墨折向风月之路。"

　　从"五四"以来提倡"白话文"的角度观照，前八十回与后四十回的两种"白话文"发人深省。所谓"胡适之体"和"鲁迅风"两种白话语言的不同理论主张和语言实践，也可以旁敲侧击这个红学是非。鲁迅研究专家郜元宝先生说："胡、鲁文体最触目的差别在于一为现代型专家语言，一为传统型通儒语言。通儒语言可以熔议论、沉思、刻画、虚拟、感觉、想象、激情、梦幻于一炉，文史哲自然无所不包，广出犄角，连类旁通，适应性强，不以论题影响其个性。……鲁迅的文字始终围绕语言的核心，不只在这个那个论题之间来回奔忙，故纯然湛然，极少杂质，像一种圆舞，既四面扩张，又不断作向心运动。……胡文更多为浅人说法，和盘托出，读者没有进一步思考的余地，激发不了独立追求的兴致，痛快淋漓，又觉得不过如此，惰性遂油然而生。……鲁迅不一味替浅人说法，不把一切全部摊开，他既有入木三分的点破，又有相当含蓄的掩盖，并不将人送到彼岸就完事大吉，而要你和他一起思想，有所悟又有所不悟，豁然开朗却仍须主动探索，否则便很可能在若明若暗之间徘徊无地。……'胡适之体'往往只能照顾到真理的光亮的一面，'鲁迅风'却能够表达真理本身的复杂性。"（郜元宝《在语言的地图上》，上海文汇出版社1999年出版）

周汝昌在许多文章中推尊鲁迅为红学大师，对胡适却颇有微词。一些批评意见认为周汝昌是在"拉大旗作虎皮"，其实还是未能了解周汝昌对鲁迅和曹雪芹的深刻体会和观察。尽管鲁迅并无红学方面的专门学术著作，但他的精神气质包括语体文风都在根本上与曹雪芹呼吸交通，这使他能于存在严重历史局限性的条件下说出许多关于《红楼梦》的精辟见解。而胡适，虽然是"新红学"的开山祖师，却从性情和气质上与曹雪芹十分隔膜，这就是为什么他推尊程高本和后四十回，而不能与脂批本和曹雪芹原著神交的原因所在。这样我们就能理解周汝昌在《我与胡适先生》一文中所说的话了："我的拙见与妄言，简而陈之，主要有两点：一是他对中华文化，尤其是语文的特点优点缺少高层理解认识，硬拿西方语文的一切来死套我们自己的汉字语文。二是胡先生的审美目光与理想境界也都是以西方外国文化的标准为依归的，他的思想是竭力把中国文化引向西方模式，使之'西化'。我悟到这是他的思想认识的本质，所谓提倡'白话文'者，也不过是个现象形态问题而已。……胡先生对我们文学艺术史上向来最为重视的'文笔'的高下之判，其鉴别力如彼其不强，是令我最为诧异惊讶的事。例如程、高篡笔与雪芹原笔的高下优劣，从五十年代起，直到近时，不断有人列举详例加以比照分析，程、高的点金成铁，与原笔时时有地天之隔，故我此处不必再作赘叙。而胡先生则始终认为：'白话成分''描写细腻'的程度之多寡大小，方是区分文笔优劣的'标准'。"

曹雪芹所著《红楼梦》的结构，也是神奇的中华诗结构，可惜由于八十回后的亡佚不传，使其不能一目了然。俞平伯先生首先提出第五十四、五十五回乃全书之"中点"，周汝昌先生进一步光大深化完善，提出曹雪芹原著共一百零八回，是一个"大对称"结构，而且每九回一个单元，全书共十二个单元。中华文化和中华诗，都特别讲究"对称""对仗"，现在大家也都了然于心，不需烦琐举例论证了。

我在《独上红楼——九面来风说红学》和《新评新校红楼梦》中，对九回一单元，第五十四、五十五回乃中点的说法作了详细的阐释论证。举两个单元的分析为例：

　　从第十回到第十八回，就是宁国府的一件丧事和荣国府的一件喜事，将乐极生悲盛衰荣辱周而复始的家族兴亡大悲剧作了一次浓缩的表现。写宁国府的事仍然让王熙凤扮演主角，当然和全书以荣国府为主体描写的结构设计有关。在贾元春归省之前，三个象征性的人物秦可卿、秦业、秦钟先后死去，当然是"证情"宗旨的一种隐喻。"证情"是广义的，即第一回茫茫大士和渺渺真人所谓"那红尘中却有些乐事，但不能永远依恃；况又有'美中不足，好事多魔'八个字紧相连属"。到这一个单元结束后，在第十九回开头特别把最忙的王熙凤和最闲的贾宝玉相提并论，正是"双主角"的又一次点睛之笔。

　　《新评新校红楼梦》第二十七回尾评云："从第十九回'玉生香'到第二十七回'泣残红'，又是一个'九回'。在情绪上从青春的明快欢乐逐渐变成了飘零毁灭的象征意象，也是一个由盛转衰的格局。这一个单元的象征预示意味极其浓郁，叛逆与正统的思想矛盾，家族内部嫡庶之间的生死搏斗，直到黛死钗嫁、'嶽（或狱）神庙'中宝玉和凤姐落难等八十回后的大关目，几乎都得到暗示性的预演。"盖这一个单元中，第十九回和第二十一回花袭人"解语""娇嗔"而"箴宝玉"，即叛逆与正统的思想矛盾，直接隐伏佚稿中"薛宝钗借词含讽谏"。第二十回"王熙凤正言弹妒意"和第二十五回"魇魔法叔嫂逢五鬼"，是嫡庶矛盾——中心是赵姨娘、贾环对阵凤姐、宝玉——线索的初步展示。第二十二回宝玉悟禅机、贾政悲谶语，第二十三回宝玉黛玉读《西厢记》、黛玉听《牡丹亭》，直到第二十七回黛玉葬花，正是黛死钗寡、宝玉出家以及诸钗飘零的象征。贾芸和小红的情节穿插其中，则直接影射到"嶽（或狱）神庙"中宝玉凤姐落难，贾芸小红去救助的故事。

"盛衰两扇面"、正照和反照风月宝鉴、元宵节与中秋节各领荣与衰……曹雪芹写《红楼梦》，这种"对称""对比"的结构艺术，正是中华文化和中华诗特色的小说化再现。

海棠花和绛珠仙草的奥妙

最后我们还要说一个大家也许会感到匪夷所思的情况：曹雪芹在第一回写的绛珠仙草，大家都知道是指林黛玉，其实不完全是，而是也包括了史湘云。绛珠草其实是有花有叶子的，草都有花，有的是隐形花，有的是显形花。前面说过怡红院的来历是"红香绿玉"，红香指院子里种的海棠花，是史湘云的象征花卉；绿玉指芭蕉，象征林黛玉。绛珠草也是这样，绿叶象征林黛玉，红花象征史湘云。先长叶子，后开花，所以林黛玉和贾宝玉的爱情故事在前边，史湘云和贾宝玉结合则是在历尽沧桑以后。绛的意思是红色，绛珠就是血泪，传达"字字看来皆是血"之深刻的痛苦感慨，其中林黛玉的故事偏重在爱情未能实现的痛苦，而史湘云的故事则偏重在家族毁灭的痛苦，两者结合起来，才是绛珠草"细看宁非血泪乎"（脂批）的完整内涵。

曹雪芹的这个艺术设计，暗用了大家都耳熟能详的一首写海棠的词，就是南宋女词人李清照的《如梦令》，其中说："昨夜雨疏风骤""却道海棠依旧""知否？知否？应是绿肥红瘦"。史湘云的生活原型是苏州织造李煦的孙女，和李清照都姓李，曹雪芹就借用了李清照的这首词，把海棠花作为史湘云的象征花卉，种到怡红院里，并且描写这株海棠花"葩吐丹砂，丝垂翠缕"（第十七回），而史湘云的贴身丫鬟，名字就叫翠缕。经过了"雨疏风骤"（就是暴风骤雨）的家族毁灭的大灾难后，只有海棠花还活着，虽然也是残花而"绿肥红瘦"了。这就是怡红院景点设计"海棠、芭蕉——红香绿玉——怡红快绿"之诗化隐喻。到了第六十三回，史湘云抽了谶语花名酒筹海棠，配的是"香梦沉酣——只恐夜深花睡去"。这又来自于苏轼的名诗《海棠》："东风袅袅泛崇光，香雾空濛月转廊。只恐夜深花睡去，故烧高烛照红妆。"第十七回贾政带领众清客和贾宝玉在刚建好的大观园题咏，对怡红院，一个清客题"崇光泛彩"，也是从苏轼海棠诗第一句"东风袅袅泛崇光"而来。

《红楼梦》前半部是"正照风月宝鉴"，其实都是在为败落后的"反照风月宝鉴"作反衬，因此，主要发生在"正照"时段的贾宝玉和林黛玉的爱情故事，其实也是在为八十回后佚稿中贾宝玉和史湘云历尽劫难后的重逢作铺垫。然则,《红楼梦》里最重要的女主角是谁？"眼泪还债"里那最沉痛的一部分眼泪是为何而流的？是家族由"烈火烹油、鲜花着锦之盛"到"忽喇喇似大厦倾""家亡人散各奔腾"的命运悲剧,爱情悲剧则只是这个大悲剧中的一个组成部分。明白了这些奥妙,也才对用"湘妃"典故(舜之二妃娥皇、女英)象征林黛玉(别号潇湘妃子)和史湘云(名字中有"湘")之作意,有了更深刻的体会吧？海棠,实在是《红楼梦》中第一花,我在红学著作中作过具体统计和引述,第五回、第十七回、第二十五回、第三十七回、第三十八回、第四十回、第四十一回、第五十一回、第六十三回、第七十七回,海棠之隐喻在每一个十回中都出现,可谓贯串全书,其在《红楼梦》中具有特殊的意义不言而喻。海棠之象征牵动了小说的大布局,关系着曹雪芹的真经历,岂不令人作深长思？

　　说中华诗是《红楼梦》的艺术关键词,大家是不是也心有戚戚焉？

一、贾宝玉的"三王号"

贾宝玉有"三王号"，这是周汝昌先生的天才发现。哪三个王号呢？

一曰绛洞花王。这个王号出现在第三十七回，贾探春发起组织海棠诗社，大家说我们是诗人了，不能再兄弟姐妹的乱叫，每一个人都要起一个雅号。于是潇湘妃子、蘅芜君、蕉下客等都有了，贾宝玉说，你们也给我想一个好的。薛宝钗调侃他是"无事忙""富贵闲人"，李纨说："你还是你的旧号绛洞花王就好。"而贾宝玉笑答："小时候干的营生，还提他作什么。"

交代得很明白，绛洞花王是贾宝玉小时候用过的绰号。不过从一些传抄本《石头记》，到后来的各种印本《红楼梦》，这个绛洞花王却讹传为绛洞花主，连鲁迅先生也写过一篇《"绛洞花主"小引》的杂文。我在《红楼探佚红》中有一篇小文，把这个问题的来龙去脉做了梳理，可以参看。

第二个王号是什么？曰混世魔王。这是在第三回林黛玉初进贾府时出现的。王夫人对新来的林黛玉说到贾宝玉："我不放心的最是一件：我有一个孽根祸胎，是这家里的混世魔王。"

这两个王号，虽然也意味悠长，但如果不和第三个王号联系起来，还不能让人叹为观止。第三个王号，才最能显示曹雪芹的创造天才和周汝昌的知音灵感。这第三个王号在哪一回？是何名目？原来在第二十九回，贾府去清虚观打醮乞福，观里的道士姓张，是当年替贾母的丈夫第二代荣国公还愿出家的替身，政治地位很高，所谓掌着"道录司"的印，当今皇上封为"终了真人"，王公藩镇都称为"神仙"。就是这样一位张道士，见了贾母和贾宝玉，就说："前日四月二十六日，我这里做遮天大王的圣诞，人来的也少，东西很干净，我说请哥儿来逛逛，怎么说不在家？"这当然是张道士和贾府套磁，拉近关系的场面话。周汝昌先生却悟出：遮天大王是一种隐喻，乃曹雪芹给贾宝玉设计的第三个王号，四月二十六日是暗写贾宝玉的生日，这甚至是曹雪芹本人的的生日！

这真是天才的悟证。只能说天才，我是深以为然，对周先生的这个悟证佩服得五体投地。曹雪芹给贾宝玉设计的这三个王号，是从《西游记》创造性转化而来。孙悟空刚开始，号美猴王，后来出去悟道学艺，学成归来后第一件事，是杀死欺凌花果山上群猴的一个妖怪混世魔王，然后孙悟空开始了闹龙宫、闹幽冥、闹天宫的闯世界创功业的造反历程，其实就是他自己成了一个混世魔王。下来，经过先招安再斗争再招安的三部曲，被玉皇大帝封为齐天大圣。

美猴王对应绛洞花王，混世魔王照搬，遮天大王则从齐天大圣点化而来。从历来文学评论所推崇的"反抗性""叛逆性"而言，"遮天"比"齐天"更有强度和力度。前面也涉及，林黛玉和史湘云两个人，分别通过别号和名字用了"湘妃"

的典故，顺理成章，贾宝玉当然就是大舜——传统上最伟大的圣王。但这位圣王却同时是绛洞花王、混世魔王和遮天大王，显然，这里面的寓意是，贾宝玉是一位代表着与传统意识形态大不相同的新价值观的王，已经可以和儒家的圣王大舜并驾齐驱分庭抗礼。

　　这种新价值观的核心理念是什么？就是前面讲贾宝玉结局时已经初步阐释过的"情不情"，或曰"意淫"。小说通过太虚幻境的警幻仙姑阐释说：意淫的本质内涵是"天分中生成一段痴情"，贾宝玉"独得此二字，在闺阁中，固可为良友，然于世道中未免迂阔怪诡，百口嘲谤，万目睚眦"。为什么"痴情"会受到"世道"的"嘲谤"和"睚眦"呢？当然是因为"痴情"与传统的儒佛道标榜的"仁""礼""空"等之间存在价值冲突。前八十回写贾宝玉骂"禄蠹"，反对"文死谏，武死战"，又"毁僧谤道"，被常规意识形态认为是"疯话""如此疯癫"（第三十六回），其逆反精神的向度是清楚明显的。我在《红楼探佚红》中做过详细的论证，指出曹雪芹原著《红楼梦》的精神结构是：从"薄命司"到"情榜"——从异化到人的复归。"大旨谈情"——《红楼梦》在形而上层次昭示着爱。当然与时俱进,随着中华传统文化的全面回归,也可以从另一种角度阐释,说曹雪芹所写贾宝玉的"情不情""意淫"情怀,是对"仁义""慈悲""大道"等传统精神的一种扬弃和升华。"贾宝玉结局之谜",不也探佚到他后来从《庄子》得到启示和提升吗?

贾宝玉有"三王号",最后"情不情",这正与孙悟空也是从美猴王、混世魔王、齐天大圣起始,经过九九八十一难,而最后变成斗战胜佛一样,是精神超越的旅程。当然,《红楼梦》的思想深度和指向,可能比《西游记》更多了内涵,更上了层楼,它更加明确地扬弃了"色空""冷漠"的价值导向,让贾宝玉最后充满爱心地回到并不完美的人间,张开双臂拥抱红尘。

二、悲剧观、女儿观、婚恋观

曹雪芹通过创作《红楼梦》,写出了"情圣"贾宝玉和"薄命司"众女儿，张扬了诗性的人生观、价值观，在"大旨谈情"的旗帜下，对悲剧观、女儿观、婚恋观都作了深刻的反思，揭示出崭新的理念。我在多种红学著作中都探讨过，论述过，阐扬过，在央视《百家讲坛》系列节目《红楼六家谈》中，也做过言简意赅的讲解："《红楼梦》的断臂之美""曹雪芹的超前之思"。提纲挈领，是以下几条：

如前面所讲贾宝玉和十二钗在两种文本中的不同情节所反映的，曹雪芹原著与后四十回续书，存在两种悲剧观的差异，这是中华民族精神历史发展过程中两种国民性纠缠斗争的产物。后四十回续书代表了传统上主流的世俗国民性，根本特点是轻真而重善，表面的"黛死钗嫁"之"悲剧"其实具有反悲剧的倾向；曹雪芹则有一种叛逆和革新的气象，追求以真为基础的真善美的统一，具有更加深刻的悲剧精神。我在《红楼探佚红》中有专门的章节作过详细论述。

曹雪芹张扬了一种新颖的女儿观，对在传统文化中处于受压迫地位的女儿，给予了满腔的同情，表达了深深的悲悯之情，用饱蘸血泪的笔墨，写出了一个又一个美丽女儿的命运悲剧，衷心地赞美她们的美丽、情感和才能。《红楼梦》成就了人类文学史艺术史文化史文明史上最灿烂辉煌瑰丽的女性丰碑画廊。

正如第五十八回"杏子阴假凤泣虚凰"中，借三个女戏子同性之恋的故事情节所传达的观念，曹雪芹超前地宣扬了最符合人性的婚恋观："比如男子丧了妻，或有必当续弦者，也必要续弦为是。便只是不把死的丢过不提，便是情深意重了。"曹雪芹写贾宝玉和林黛玉、薛宝钗、史湘云的婚恋故事，写他和众多女儿的情谊，乃至和秦钟、蒋玉菡、柳湘莲的"同情"，都写得那样健康，那样美丽，那样感人，他对人性的美，给予了多么衷情的赞美，寄托了多少温馨的希望！

以上仅从"三王号"和"悲剧观、女儿观、婚恋观"两个方面展示了曹雪芹通过《红楼梦》创作表达的价值观诉求，至于其他方面，如对儒道释等传统文化的继承和扬弃，乃至对中华传统诗词、书法、绘画、戏曲、园林等诸多领域的发展创新，无不可引申出价值观方面的观照分析。《红楼梦》是中华传统文化的"百科全书"和"一条主脉"，有关的红学著作文章很多，这里就不再蔓延了。《红楼梦》是文采风流第一书，曹雪芹是文采风流第一人，此书，斯人，都是情本体、情文化最杰出的审美文本，中华文化最辉煌的艺术化身。

站在传统儒家教化立场上的清代学者钱大昕，在其所著《潜研堂文集》卷十七《正俗》篇中曾对明清通俗小说的思想影响表示深深的忧虑。他说："古有儒、释、道三教，自明以来，又多一教曰小说。小说演义之书，未尝自以为教也，而士大夫农工商贾无不习闻之，以至儿童妇女不识字者，亦皆闻而如见之，是其教较之儒、释、道而更广也。释、道犹劝人以善，小说专导人以恶。奸邪淫盗之事，儒、释、道书所不忍斥言者，彼必尽相穷形，津津乐道，以杀人为好汉，以渔色为风流，丧心病狂，无所忌惮。子弟之逸居无教者多矣，又有此等书以诱之，曷怪其近于禽兽乎！"此论自然正负面的内涵皆有，但把小说的影响抬高到"小说教"，却也道出了通俗小说对国民心理的巨大影响。

从《三国志演义》《忠义水浒传》的"忠义英雄"，到《西游记》中由"逆天"而终于"敬天"的"转型英雄"（《金瓶梅》则是对欲望"恶业"之审丑，反弹琵琶相反相成之作），再到曹雪芹于《红楼梦》中创造贾宝玉乃将"仁义"改造升华为"情不情"的"另类英雄"，十分生动地展示出中华民族的"国民性"，即国民共有的文化心理之探索和变迁轨迹，而这种轨迹又以中华文化孕育出的独特、奇特、超特之审美形式予以表现。四大奇书，四大名著，的确是永远散发着无穷魅力的中华文化与审美的宁馨儿！

图书在版编目（CIP）数据

一看就明白的《红楼梦》/ 梁归智著 . -- 北京：作家
出版社，2024.7

ISBN 978-7-5212-2916-5

Ⅰ. I207.411

中国国家版本馆 CIP 数据核字第 2024KK1879 号

一看就明白的《红楼梦》

作　　者：梁归智
责任编辑：单文怡
装帧设计：书游记
插画支持：北溟有风
内文插画：钟乐源
出版发行：作家出版社有限公司
社　　址：北京农展馆南里 10 号　　　邮　　编：100125
电话传真：86-10-65067186（发行中心及邮购部）
　　　　　86-10-65004079（总编室）
E-mail:zuojia @ zuojia.net.cn
http://www.zuojiachubanshe.com
印　　刷：北京博海升彩色印刷有限公司
成品尺寸：140×160
字　　数：104 千
印　　张：5.5
版　　次：2024 年 7 月第 1 版
印　　次：2024 年 7 月第 1 次印刷
ISBN 978-7-5212-2916-5
定　　价：39.00 元